Die drei ??? Kids

Geheime Flaschenpost

und 14 weitere Ratekrimis

Erzählt von Ulf Blanck
Mit Illustrationen von Stefanie Wegner

Kosmos

Inhalt

Achtung Strandräuber

Klauer auf der Lauer: Am Strand von Rocky Beach treiben tolldreiste Taschendiebe ihr Unwesen

Justus Jonas lief der Schweiß von der Stirn, als er mit seinem klapprigen Fahrrad die Küstenstraße entlang fuhr. Der Asphalt flimmerte in der Sonne, der heiße Fahrtwind wehte ihm ins Gesicht. An einer Kurve bog er auf einen Feldweg ab.
Der Pfad führte zwischen vertrockneten Sträuchern und dürrem Gestrüpp direkt zur ›Kaffeekanne‹. Dies war in Wirklichkeit ein stillgelegter Wassertank für die alten Dampflokomotiven. Wie auf einem riesigen Hocker stand der runde Tank auf einer Konstruktion aus Holzbalken. An der Seite ragte ein krummes Rohr heraus. Damit wurden früher die Lokomotiven mit Wasser gefüllt, und von weitem sah das Ganze aus wie eine Kaffeekanne. Es war das Geheimversteck der drei Detektive aus Rocky Beach.
Auf einmal öffnete sich unter dem Tank eine Holzklappe, und zwei Köpfe kamen verkehrt herum zum Vorschein. »He, Just. Das wurde aber auch Zeit. Wir sind schon fast vertrocknet!«, lachte einer der beiden und musste seine Brille festhalten. Es war Bob Andrews. Neben ihm grinste Peter Shaw. »Endlich. Ich hoffe, du hast uns 'nen anständigen Drink mitgebracht?«
Justus deutete lässig auf sein Mitbringsel: »Bitte sehr: Tante Mathildas Kühlbox, randvoll mit Eiswürfeln und sechs Flaschen Cola.« Eine halbe Stunde später erreichten sie mit den Fahrrädern das Meer. Es war Sonntag, und viele Menschen

drängten sich mit ihren Handtüchern auf dem schmalen Strandstreifen. Die drei ??? fanden einen freien Platz direkt am Wasser. Nur müde plätscherten die kleinen Wellen des Pazifiks auf sie zu. Justus griff als Erster in die Kühlbox und zog eine Cola aus den Eiswürfeln. »Prost, Leute, bevor alles warm wird«, lachte er und nahm einen kräftigen Schluck.
Zu dritt lagen sie dann nebeneinander und hielten jeder eine eiskalte Flasche in den Händen. »Herrlich, von mir aus kann das für immer so bleiben. Keine Schule, keine Hausaufgaben und immer in der Sonne liegen«, seufzte Peter und holte seinen Walkman aus dem Rucksack. Kurz danach schnippte er mit den Fingern im Takt, wippte mit dem Kopf zur Musik und beobachtete ein paar Rettungsschwimmer beim Training.

Plötzlich sprang Bob hoch. »Puh, ist mir heiß. Ich brauche dringend eine Abkühlung. Kommt ihr mit?« Justus stand auch auf. »Was ist mit dir?«, fragte er Peter. Doch dieser hatte die Augen geschlossen und hörte nur die laute Musik. Bob grinste. »Lass mich das machen, Just.« Er öffnete die Kühlbox, holte eine Hand voll Eiswürfel heraus und legte sie Peter direkt auf den Bauch. »He, seid ihr verrückt geworden? Davon kann man einen Herzinfarkt bekommen«, schimpfte dieser. Doch genauso schnell hatte er sich beruhigt und schaltete den Walkman aus. »Logisch komm ich mit baden. Los geht's!«
Justus hielt die beiden zurück. »Wartet mal! Ich glaube, es ist besser, wenn du den Walkman nicht einfach so herumliegen lässt. Pack ihn lieber wieder in deinen Rucksack.« Peter hatte eine bessere Idee. »Da sieht doch jeder zuerst nach, wenn er was klauen will. Ne, ich pack das Ding in die Kühltasche.«
Kurz danach rannten alle ins Wasser und verschwanden kopfüber in den Wellen. »Herrlich«, prustete Bob. »Wenn ich noch mal geboren werden sollte, dann als Delfin.« Sie blieben so lange im Wasser, bis die Haut an den Händen schrumpelig wurde. Plötzlich blickte Justus angestrengt zum Ufer. »Siehst du einen Hai?«, lachte Peter. Sein Freund schüttelte den Kopf. »Quatsch, aber seht ihr den Typen mit der gelben Surferhose? Ich könnte wetten, dass der sich eben an unserer Kühlbox zu schaffen gemacht hat.«
Peter war entsetzt. »Was? Mein Walkman! Schnell, lasst uns zurückschwimmen!« Wenig später standen sie um die Kühlbox herum. »Ich mag gar nicht nachgucken«, schnaufte Peter.

Doch als er den Deckel anhob, wurden seine Befürchtungen wahr. Der Walkman war verschwunden. Nur die Kassette lag zwischen den Eiswürfeln. »Schweinerei, den schnappen wir uns«, zischte er wütend. Bob suchte die Gegend ab. »Da hinten seh ich ihn. Der setzt sich gerade in aller Ruhe auf einen Stuhl im Café. Los, hinterher, bevor er abhaut!« Doch der Mann in der Surferhose dachte nicht daran zu flüchten.
Als er die drei ??? auf sich zukommen sah, lehnte er sich zurück und legte den Walkman auf den Tisch. Peter war außer sich vor Wut. »He, das ist meiner. Wir haben Sie eben beobachtet, als Sie den geklaut haben!« Gelassen nahm der Mann die Sonnenbrille ab und grinste frech. »Bitte, **was** soll ich gemacht haben? Der Kasten gehört mir schon seit Jahren. Und jetzt verschwindet, sonst zeige ich euch wegen Verleumdung an.« Peter konnte es nicht fassen und fuchtelte aufgeregt mit den Armen. Doch der Mann lachte nur. »Wahrscheinlich habt ihr dieses Gerät nur mit eurem verwechselt. Schließlich gibt es Tausende von dieser Marke.«
Mittlerweile wurden andere Gäste auf den Streit aufmerksam. Neugierig drehten sie ihre Köpfe herum, und einer der beiden Rettungsschwimmer stellte sich sogar daneben. Den Mann mit dem Walkman schien das nicht zu beunruhigen. »So, und jetzt lasst mich in Ruhe, ich möchte mir etwas zu trinken bestellen. Wenn ihr Beweise habt, könnt ihr ja wiederkommen.« Er schnippte mit den Fingern und rief nach der Bedienung.

Peters Gesicht lief rot an, und er schien vor Wut zu platzen. Bob ballte die Fäuste. Nur Justus knetete konzentriert mit Daumen und Zeigefinger seine Unterlippe. Das tat er immer, wenn er angestrengt nachdachte.

Plötzlich ging er auf den Rettungsschwimmer zu und flüsterte ihm was ins Ohr. Anschließend nickte der Rettungsschwimmer. »Wenn das stimmt, was mir eben zugeflüstert wurde, hat der Junge tatsächlich einen Beweis, dass Sie ein Dieb sind.«

Prüfend legte er seinen Handrücken auf den Walkman und presste das Gehäuse an seine Wange. »Die drei Jungs haben Recht, Mister. Sie sind ein Dieb. Das ist eben zweifelsfrei bewiesen worden. Wir werden jetzt die Polizei verständigen.«

Eine Viertelstunde später wurde der Mann in Handschellen abgeführt.

Weißt du, warum der Dieb überführt wurde?

Spurlos verschwunden

**Wo steckt der Kater von Miss Carter?
Die drei ??? setzen eine fette Belohnung aus ...**

Justus Jonas schlief noch tief und fest, als ihn ein lautes Pochen an der Haustür aus den Träumen riss. Müde wälzte er sich in seinem Bett herum und blinzelte schlaftrunken in den hellen Raum. »Ja, wer ist denn da?«, hörte er von unten Tante Mathilda sagen. Justus rieb sich die Augen und schlurfte aus seinem Zimmer im ersten Stock. »Ist ja gut, ich komme schon!«, rief seine Tante und öffnete die Tür. Vor ihr stand im Morgenrock Miss Carter. Ihre Haare waren ungekämmt und zerzaust von der Nacht. Die Hände der allein stehenden alten Dame zitterten.

»Um Gottes Willen, Miss Carter, was ist denn passiert?«, fragte Tante Mathilda erschrocken. Nur mühsam brachte die Nachbarin die Worte über die Lippen. »Mrs Jonas, es ist fürchterlich. Ich weiß nicht, was ich machen soll. Lord Henry ist spurlos verschwunden.« »Lord Henry?«, wiederholte Tante Mathilda verwundert. »Ja, mein lieber, treuer Kater. Er ist einfach weg. Ich stellte ihm wie jeden Morgen eine Schale Milch auf die Veranda. Normalerweise wartet er dort schon hungrig auf mich. Vielleicht kam ein Auto ... Ich mag es mir gar nicht vorstellen.«

Tante Mathilda versuchte Miss Carter zu beruhigen und führte sie in die Küche. »Kommen Sie, eine Tasse Tee wird Ihnen gut tun.« In der Zwischenzeit war Justus die Treppen heruntergegangen und setzte sich neugierig mit an den Tisch. Aufmerksam verfolgte er das Gespräch der beiden Frauen. Nachdenklich knetete Justus mit Daumen und Zeigefinger seine Unterlippe. »Miss Carter, vielleicht hat sich Lord Henry nur verlaufen und kommt heute ein wenig später zum Frühstück?«

Die alte Dame schüttelte den Kopf. »Nein, Henry kennt sich hier aus wie in seiner Westentasche. Es ist ein Rätsel. Ich rechne mit dem Schlimmsten.«
Tränen rannen aus ihren Augen und Tante Mathilda reichte ihr ein Taschentuch. Plötzlich stand Justus auf und holte tief Luft. »Miss Carter, machen Sie sich keine Sorgen. Ich bin Spezialist für Rätsel aller Art. Ich werde meine beiden Freunde anrufen, und ich bin mir sicher, dass wir Lord Henry bald finden werden.«
Wenig später kam Peter Shaw auf seinem Rennrad durch das große Grundstückstor gerast. Fast gleichzeitig traf auch Bob Andrews ein. »Was ist passiert?«, riefen sie Justus atemlos entgegen. Jetzt war das Trio komplett. Justus, Peter und Bob aus Rocky Beach – die jüngsten Detektive der Welt. Es dauerte nicht lange, bis Justus sie über die Geschehnisse aufgeklärt hatte. Tante Mathilda kochte für alle Kakao, und die Nachbarin bekam noch eine Tasse Tee. »Haben Sie keine Angst, Miss Carter. Wenn die drei die Sache in die Hand nehmen, ist Ihr Kater im Handumdrehen wieder zurück«, lächelte sie. Die drei ??? berieten sich eine Weile und verkündeten anschließend ihren Plan. »Miss Carter, haben Sie ein Foto von Lord Henry?«, fragte Bob. Die alte Dame nickte und kramte hektisch in den Taschen ihres Morgenrocks. »Hier hab ich eins. Ich trage es immer bei mir. Was habt ihr vor?«
Justus nahm das Foto und klebte es auf einen Bogen Papier. »Wir werden daraus ein Plakat machen und es überall in Rocky Beach verteilen. Irgendjemand wird Lord Henry da-

rauf wiedererkennen und ihn zurückbringen«, sagte er zuversichtlich. Miss Carter war sichtlich erleichtert. »Ich hoffe es ... ich hoffe es. Und ich werde auch eine Belohnung aussetzen. 20 Dollar werde ich dem Finder aushändigen.« Peter nahm sich einen dicken Stift und schrieb in großen Buchstaben unter das Foto: »20 Dollar Belohnung«.

Just lief derweil in sein Zimmer und zog sich schnell an. Anschließend nahmen die drei ihre Fahrräder und fuhren zum Laden von Mister Porter. Nur dort stand ein Kopierer, mit dem sie die Plakate vervielfältigen konnten. Die Nachbarin hatte ihnen dafür Geld mitgegeben. »Wir brauchen auch eine Rolle Klebefilm, um die Zettel anzubringen«, fiel Bob noch ein, als sie die Kopien bezahlen wollten. Danach klebten sie als Erstes an Porters Schaufenster eines der Plakate. »Das müsste jedem sofort ins Auge springen«, strahlte Justus. Den ganzen Morgen liefen sie in der Stadt umher. Nach kurzer Zeit hing an jeder Ecke das Foto von Lord Henry. Bald gab es fast keine Straßenlaterne, keine Telefonzelle und keinen Baum mehr ohne Plakat.

Erschöpft kamen sie zurück zu Tante Mathilda, die schon mit dem Mittagessen auf sie wartete. »Wir müssen noch schnell zu Miss Carter und ihr das Restgeld von den Kopien zurückgeben!«, rief ihr Justus entgegen, als sie die Fahrräder an die Veranda lehnten. Die alte Dame hatte schon gewartet. »Hallo, hat alles geklappt?«, fragte sie aufgeregt. Peter überreichte ihr das Geld und nickte. »Natürlich hat alles geklappt. Lord Henry kennt ab heute jeder in Rocky Beach.«

Plötzlich schlug sich Bob an die Stirn, so dass seine Brille fast herunterfiel. »Oh nein, wir Idioten! Guckt euch mal das Plakat an! Wir haben was vergessen.« »Was haben wir vergessen?«, fragten Justus und Peter erschrocken. »Na, die Adresse von Miss Carter.« Ratlos blickten sich die drei ??? an und ärgerten sich über ihre eigene Dummheit.
Justus fand als Erster die Worte wieder. »Na schön, dann müssen wir eben noch mal los und alle Plakate ändern. Wir teilen uns am besten auf und schreiben mit der Hand die Adresse dazu. Das geht schneller, als wenn wir neue Kopien machen würden – und außerdem ist es billiger.«
Gerade als sie sich wieder auf den Weg machen wollten, öffnete jemand das Gartentor und kam auf die alte Dame zugelaufen. Es war Jim Rattler, der Zeitungsjunge. »Miss Carter, Miss Carter ... Ich habe Ihren Kater gefunden.« In den Armen hielt er einen großen Pappkarton. »Ich hab ihn in einem Müllcontainer hinter der alten Konservenfabrik entdeckt. Er ist dort wahrscheinlich reingesprungen und kam von allein nicht mehr heraus.« Aus dem Karton miaute es leise. Miss Carter stürzte mit ausgebreiteten Armen darauf zu. »Lord Henry ... Ich hab dich gehört. Ja, du bist es ... Komm zu Mama!« Sie öffnete die Kiste und hob den verwirrten Kater heraus. »Ich bin dir ja so dankbar, Jim. Ohne dich hätte ich Henry wohl nie wieder gesehen.«
Der Zeitungsjunge strahlte. »Glücklicherweise sah ich vorhin dieses Plakat. Ich wusste gar nicht, dass Sie einen Kater haben. Die Beschreibung passte genau. Und jetzt bin ich hier.

Ich las etwas von einer Belohnung?« Die alte Dame griff in ihr Portemonnaie und zog einen Schein hervor. »Richtig, die Belohnung. Versprochen ist versprochen. Hier sind die 20 Dollar.« Jim Rattler grinste zufrieden. Doch gerade, als er seine Hand ausstreckte, stellte sich Justus dazwischen und kam ihm zuvor. »Moment, ich glaube, Jim Rattler steht die Belohnung nicht zu.« Der Zeitungsjunge trat empört einen Schritt zurück. »Was sagst du? Ich hab doch den Kater zurückgebracht?« Die drei ??? rückten jetzt dicht zusammen und Justus gab Miss Carter die 20 Dollar zurück. Dann verschränkte er seine Arme und blickte Jim Rattler entschlossen in die Augen. »Du selbst hast Lord Henry gefangen und in den Karton gesteckt, um eine fette Belohnung für ihn zu bekommen.« Jim Rattlers Kopf wurde rot vor Zorn. »Was? Wie kommst du denn darauf? Das kannst du doch niemals beweisen!« Die drei ??? sahen sich grinsend an, denn sie hatten sogar einen sehr guten Beweis.

??? **Weißt du, wodurch sich Jim Rattler selbst verraten hat?**

Verhängnisvolle Falle

Ausgetrickst: Einfallsreiche Autodiebe führen die drei ??? und Onkel Titus in eine fiese Falle

Es war ganz schön eng im Pick-up von Onkel Titus. Dicht gedrängt saßen die drei ??? auf dem Vordersitz und schwitzten in dem heißen Transporter. Bob wurde in der Mitte fast zerdrückt. »Nun zieh mal den Bauch ein, Just! Ich bekomm gleich keine Luft mehr«, stöhnte er. Justus Jonas machte sich noch breiter, als er war, und blickte unbeirrt aus dem Fenster. Er mochte es nicht, wenn man ihn wegen seiner Körperfülle ansprach.

»Nun hört schon auf zu streiten!«, ermahnte sie Onkel Titus. »Sonst fahren wir zurück zum Schrottplatz und mit eurem Nebenverdienst ist es vorbei!« Die Drohung wirkte. Augenblicklich saßen alle drei friedlich nebeneinander und blickten durch die Windschutzscheibe auf den weiten Pazifik.

Onkel Titus handelte mit Schrott aller Art und hatte einen Auftrag in der Nähe von Hollywood. »Wobei sollen wir eigentlich helfen?«, fragte Peter Shaw neugierig. Onkel Titus zog ein Foto aus seiner Tasche und reichte es weiter. »Wir müssen dieses alte Filmstudio entrümpeln. Die Firma ist Pleite gegangen, und das Gebäude muss freigeräumt werden. Ich bin gespannt, was wir da finden. Einmal hab ich ...«

Weiter kam er nicht, denn Justus platzte dazwischen. »Halt mal an! Da liegt einer.« »Wo liegt einer?« Justus zeigte auf die Böschung neben der Straße. »Na, dort. Mitten im Gras.«

Sein Onkel trat kräftig auf die Bremse, die drei Detektive rutschten nach vorn. Jetzt sahen es auch die anderen. Keine 20 Meter neben der kleinen Küstenstraße lag eine Person auf dem Bauch. Sie hatte die Arme ausgebreitet und bewegte sich nicht.

»Wir müssen helfen!«, rief Bob erschrocken und hastig rannten alle die Böschung hoch. Je näher sie kamen, desto mehr konnten sie von der Person erkennen. Sie trug einen blauen Overall und Handschuhe, Gummistiefel, und der Kopf war be-

deckt mit einem riesigen Sonnenhut. »Hallo, hören Sie mich?«, keuchte Onkel Titus, doch er bekam keine Antwort. »Wir müssen einen Notarzt holen«, schlug Peter aufgeregt vor und wollte wieder zur Straße rennen. Justus hielt ihn zurück.
»Warte. Mit dem Typen stimmt was nicht. Kein Mensch trägt in Kalifornien Gummistiefel und Handschuhe. Und vom Himmel ist der auch nicht gefallen.« Entschlossen beugte er sich hinunter und hob den großen Sonnenhut in die Luft. Die anderen konnten es nicht fassen. Der Körper hatte keinen Kopf, und aus dem Overall quoll lauter Stroh. »Eine Puppe ...«, stellte Onkel Titus erstaunt fest und wischte sich den Schweiß von der Stirn.
Doch bevor jemand etwas sagen konnte, hörten sie plötzlich, wie der Motor vom Pick-up ansprang. Die Türen schlugen zu, und mit quietschenden Reifen schoss der Wagen davon. »Halt! Bleiben Sie stehen! Bleiben Sie sofort stehen!«, schrie Onkel Titus und rannte die Böschung hinunter. Sekunden später war der Transporter hinter der nächsten Kurve verschwunden. »Das glaube ich nicht«, keuchte er. »Da klauen die mir doch am helllichten Tag mein Auto. Ich werde verrückt.«
Sie beschlossen, die einsame Straße weiterzugehen, um ein Telefon zu finden. Nach zwei Kilometern kamen sie an eine schäbige Tankstelle. Onkel Titus verschwand in dem Büro und die drei Detektive sahen, wie er der Polizei am Telefon aufgeregt den Fall schilderte.
»Sag mal, Just, wieso hast du eigentlich die Klamotten von der Puppe mitgenommen?«, wollte Peter wissen. Justus legte die

Kleider vor sich auf den Boden und knetete mit Daumen und Zeigefinger seine Unterlippe. »Das hier sind unsere einzigen Hinweise auf die Täter. Vielleicht finden wir irgendeine Sache, die uns auf eine heiße Spur bringt.«
Gemeinsam durchsuchten sie jedes einzelne Teil. Angewidert griff Bob mit einer Hand in die Gummistiefel. »Absolut nichts zu finden. Die Diebe waren nicht doof. Nichts haben sie vergessen. Keinen Zettel, keine Streichhölzer, keinen Hinweis – gar nichts«, seufzte er ratlos.
Peter untersuchte den öligen Arbeitsanzug. »Na ja, so schlau können die nun auch wieder nicht gewesen sein. Hier hat jemand was mit Kuli auf das eine Hosenbein geschmiert. So, wie der schreibt, ist er fünf Mal in der ersten Klasse sitzen geblieben.« »Zeig her!«, rief Justus und versuchte, das Geschmiere zu entziffern. »Adddfibic ... was soll das denn heißen? Ich kann das kaum aussprechen.« Bob zog die Hand wieder aus dem stinkenden Gummistiefel. »Ich kenne kein Wort mit drei D's.« »Wenn es überhaupt ein Wort ist«, dachte Justus laut. »Vielleicht ist es ein Geheimcode?«
Jetzt waren die drei ??? in ihrem Element. Onkel Titus telefonierte immer noch. Justus malte die Buchstaben mit einem Stöckchen in den Sand. »Überlegt mal! Warum schreibt jemand etwas auf seine Hose?« Peter schüttelte den Kopf und lachte. »Just, wenn ich dich so reden höre, muss ich gleich an die Schule denken. Igitt.«
Sein Freund schlug sich daraufhin gegen die Stirn. »Genau, Schule! Wenn man sich etwas nicht merken kann, schreibt

man einen Spickzettel. Der Besitzer des Overalls konnte sich auch etwas nicht merken. Deshalb kritzelte er es auf seine Hose. Aber anscheinend hatte er Angst, dass andere das lesen. Also hat er es verschlüsselt. Wir müssen nur herausbekommen, was es bedeuten könnte.« »Vielleicht der Name seiner Freundin?«, grinste Bob. Justus widersprach ihm. »Unsinn. Wer heißt schon Adddfibic? Ich denke da eher an eine Nummer.« »Eine Telefonnummer!«, riefen alle gleichzeitig. Hektisch versuchten sie, den Code zu entschlüsseln. Abwechselnd griffen sie zu dem Stöckchen und malten immer neue Zahlen in den Sand. Am Ende waren sie sich einig.

Justus stand auf und schrieb eine neunstellige Nummer in seinen Notizblock. »Ich glaube, wir haben den Code geknackt. Aus Buchstaben wurden Zahlen. Ich schlage vor, wir rufen diese Nummer jetzt an.«

Als die drei ??? das Büro der Tankstelle betraten, hatte Onkel Titus gerade das Gespräch beendet. »Da seid ihr ja. Ich habe die ganze Zeit mit Kommissar Reynolds gesprochen. Anscheinend bin ich nicht der Einzige, der auf diese Weise seinen Wagen loswurde. Er ist in ein paar Minuten hier.«

Justus griff nach dem Telefonhörer. »Wir müssen auch noch schnell ein Telefonat führen.« Verwundert sah sein Onkel ihn an. Peter und Bob standen dicht bei ihrem Freund, als dieser die entschlüsselte Telefonnummer wählte. Als Erstes wählte er eine Eins. »Ich bin mal gespannt, wer rangeht«, flüsterte Bob. »Sei still! Jetzt nimmt jemand ab«, zischte Justus. »Sie hören den Anrufbeantworter der Firma Transglobal Gebrauchtwa-

gencenter in Rocky Beach. Bitte hinterlassen Sie eine Nachricht!« Justus knallte den Hörer auf die Gabel, nachdem sie zusammen die Ansage gehört hatten. »Die Firma kenne ich. Das ist direkt bei uns um die Ecke!«, rief Bob aufgeregt.
Fünf Minuten später traf Kommissar Reynolds ein und die drei ??? berichteten ihm von ihren Untersuchungsergebnissen. Der Polizist schob seine Dienstmütze zurecht und grinste die Detektive an. »Dann wollen wir mal sehen, ob uns eure Theorie auf eine heiße Spur bringt.« Sie fuhren alle zusammen mit dem Polizeiwagen zurück nach Rocky Beach. Wenig später parkten sie vor der Firma Transglobal und machten in der Werkstatt eine unglaubliche Entdeckung: Mitten in der Halle stand Onkel Titus' Pick-up, und zwei Männer waren gerade damit beschäftigt, an dem Wagen neue Nummernschilder anzuschrauben. Sie ließen sich von dem Kommissar widerstandslos festnehmen. Als der Polizist den Autodieben Handschellen anlegte, warfen sie den drei ??? böse Blicke zu.
»Jetzt erzählt mir mal, wie ihr den Gaunern auf die Schliche gekommen seid«, fragte Reynolds anerkennend. Justus, Peter und Bob redeten gleichzeitig drauflos, und am Ende blieb nur eine Frage offen:

??? **Wie lautete die komplette Telefonnummer von der Gangsterfirma? Weißt du es?**

Detektive unter Verdacht

Dreiste Dieberei in Rocky Beach: Die drei ??? nehmen die Ermittlung auf, um ihre Unschuld zu beweisen

An diesem Tag war nicht viel los in Rocky Beach. Kaum jemand ließ sich in der Mittagshitze auf den Straßen blicken. Die Sonne stand fast senkrecht über der Stadt, und auch der nahe Pazifik brachte wenig Abkühlung. Nur Justus, Peter und Bob schien die Temperatur nichts auszumachen. Sie saßen auf der Kante des Springbrunnens, ließen ihre Füße im Wasser baumeln und löffelten große Eisbecher.

»Wenn ich mal reich werde, kauf ich mir einen eigenen Eisladen«, grinste Bob und deutete auf das italienische Café am Rande des Platzes. In dieses Geschäft brachten die drei ??? den Großteil ihres Taschengeldes. Peter kratzte den Rest Schokoladeneis aus seinem Becher. »Ich würde mir lieber so einen Schlitten da kaufen«, entgegnete er und sah einer teuren Limousine hinterher. Der Wagen hielt direkt neben der Bank, und ein Mann mit Baseball-Kappe und Pferdeschwanz stieg aus. Jetzt blickte auch Justus Jonas hoch. »Ich glaube, der muss sich gar nicht zwischen Eiscafé oder Auto entscheiden. Wenn der will, kauft er sich einfach beides«, vermutete er.

Sie beschlossen, den luxuriösen Wagen näher zu betrachten. Peter Shaw presste seine Nase an die Scheibe und musterte das Armaturenbrett. »Nicht schlecht, das Ding fährt über 280 Spitze. Innen alles aus Leder, Telefon, Bordcomputer und 'ne klasse Anlage. Der Typ muss viel Kohle haben.«

Plötzlich fuhr sie von hinten eine wütende Stimme an. »He, Bengels! Was schmiert ihr meine Scheiben mit euren dreckigen Eisfingern voll? Seht zu, dass ihr wegkommt, sonst könnt ihr den Wagen waschen!« Aufgeschreckt liefen die drei wieder zurück zum Brunnen. Der Mann stieg in die Limousine und fuhr mit quietschenden Reifen davon. Bob schüttelte verständnislos den Kopf. »Wenn man als Reicher so drauf ist, dann bleib ich lieber arm«, lachte er und spritzte seine beiden Freunde mit Wasser voll.
So verging die Mittagszeit. Als sie sich gerade wieder auf den Weg machen wollten, sahen sie jemanden aufgeregt über den Platz rennen. »Ist das nicht der Idiot von vorhin?«, bemerkte Peter und zeigte mit dem Finger auf den Fahrer der Limousine.

Justus und Bob stimmten ihm zu. Der Mann lief direkt auf das Polizeirevier zu. Als er die hohen Steinstufen erklimmen wollte, trat zufällig Kommissar Reynolds aus der Tür heraus. »Gut, dass Sie da sind«, hörten die drei ??? den Mann mit dem Pferdeschwanz keuchen. »Mir wurde soeben mein Wagen aufgebrochen. Scheibe von außen eingeschlagen und alles weg. Radio, Computer, Telefon, und, und, und ... Kommen Sie schnell. Gleich hier um die Ecke.«

Der Kommissar setzte seine Dienstmütze auf und folgte dem Mann. Natürlich ließ dieser Vorfall die drei Detektive nicht unberührt. Neugierig liefen sie den beiden hinterher. Die Worte des Mannes sprudelten nur so hervor. »Herr Kommissar, was ist das für eine Welt? Da lasse ich das Auto fünf Minuten aus dem Auge, und dann **das**!« Wenig später standen alle in einer kleinen Seitenstraße vor dem aufgebrochenen Wagen. Inzwischen wurden auch noch einige andere Passanten von dem Ereignis angelockt. »Gucken Sie hier, Herr Kommissar. Ich musste nur schnell in diesem Büro einen Kunden besuchen. Und jetzt, alles weg ... Nur gut, dass es versichert ist.«

Kommissar Reynolds zog einen Block aus der Tasche und beruhigte den Mann. »Nun mal ganz von vorn die Geschichte. Haben Sie in den fünf Minuten nichts gehört, oder ist Ihnen nicht irgendetwas aufgefallen?« Der Mann schüttelte den Kopf. Doch als er die drei ??? erblickte, huschte ein kurzes Lächeln über seine Lippen. »Jetzt, wo Sie so genau danach fragen ... Diese Burschen hier standen vorhin so verdächtig

um den Wagen herum. Ich war zuvor in der Bank und parkte das Auto dort. Der eine hat mir mit seinen Schmierpfoten noch die Scheibe eingesaut.« Peter blickte ihn empört an, doch Justus kam ihm zuvor. »Sie wollen doch nicht behaupten, dass wir etwas damit zu tun haben?«, platzte es aus ihm heraus.

Reynolds legte ihm die Hand auf die Schulter. Er kannte die drei ??? sehr gut aus vielen spannenden Begegnungen. »Keine Aufregung, bitte. Wir versuchen nur, den Fall aufzuklären. Jede Beobachtung ist wichtig. Für die drei Jungs hier lege ich aber natürlich meine Hand ins Feuer.« Peter atmete auf, doch der Mann ließ nicht locker. »Das können Sie doch gar nicht wissen. Die Diebe werden immer jünger, und ich wette, dass man die Fingerabdrücke von dem Schmierfink auf den Scherben wiederfindet. Untersuchen Sie das! Ich hab nichts angefasst. Absolut nichts.«

Er zeigte auf den Boden. Überall lagen kleine zersplitterte Glasscherben herum. Die Scheibe auf der Fahrerseite war total zerstört. Nur am Rand klebten noch einige Splitter im Fensterrahmen. Sorgfältig notierte Reynolds alles, was gestohlen wurde. Neben dem Radio, dem Telefon und dem Computer gab der Mann noch einen Koffer an. »Der war aus teurem Hirschleder. Vollgepackt mit Schmuck und Uhren. Ich handel nämlich damit. Ein Glück, dass alles versichert ist.«

Allmählich hatte sich eine größere Menschentraube gebildet. Der Mann redete weiterhin auf den Kommissar ein und zeigte ab und zu in die Richtung der drei ???. Reynolds notierte

geduldig alles. Justus zog seine beiden Freunde zur Seite. »Mit dem Pferdeschwanz kann man nicht reden. Irgendwie glaube ich dem kein Wort.« Bob gab ihm Recht. »Ich seh das genauso. Wenn ihr mich fragt, der will seine Autoversicherung reinlegen.« Peter nickte. »Ich bin mir auch sicher. Und außerdem könnte ich schwören, dass ich keinen Koffer auf dem Rücksitz gesehen habe.«

»Das können wir leider nicht beweisen«, flüsterte Justus. »Der behauptet dann, den Koffer hätte er dort noch nicht bei sich gehabt.«

Mittlerweile bewegten sich alle um Kommissar Reynolds herum langsam zum Polizeirevier. »Kommen Sie bitte mit, mein Herr. Es ist besser, wenn ich den Fall auf dem Revier aufnehme.« Der Polizist schien nicht gerade froh über den Wirbel zu sein, den der aufgebrachte Mann veranstaltete. Währenddessen untersuchten die drei Detektive den Wagen. Unter ihren Füßen knirschten die zersplitterten Glasscherben. Justus Jonas knetete mit Daumen und Zeigefinger seine Unterlippe. »Der Dieb muss also von der Straße her gekommen sein, hat dann von außen die Scheibe eingeschlagen und klaute blitzschnell die ganzen Dinge. Merkwürdig, dass keiner was gehört hat.«

Peter beugte seinen Kopf durch das kaputte Fenster. »Und im Wagen hat er auch gut gearbeitet. Alles wurde perfekt ausgebaut. Die Kabel vom Radio sind sogar abgeschraubt und nicht durchgeschnitten worden.« Bob rückte seine Brille gerade. »Scheint ein Profi gewesen zu sein. Sauberer Einbruch.

Kein Dreck, kein Hinweis. Nicht mal eine winzige Glasscherbe vom Fenster liegt auf dem Fahrersitz oder auf den Fußmatten herum.«

Plötzlich schlug sich Justus gegen die Stirn. Fast gleichzeitig machten es ihm Peter und Bob nach. Justus grinste. »Jetzt haben wir den Beweis, den wir suchten. Der Typ hat sich selbst beklaut, um das Geld von der Versicherung abzuzocken. Irgendwo außerhalb der Stadt hat er dies alles in Ruhe vorbereitet. Kein Wunder, dass niemand das Glas klirren hörte. Die Scherben hier auf dem Boden hat er einfach hingestreut. Ich schlage vor, wir berichten Kommissar Reynolds von unserer Entdeckung.«

Zehn Minuten später saß der Betrüger in Untersuchungshaft hinter Gittern. Der Fall war gelöst.

??? Aber was hat den Mann verraten? Weißt du es?

Falsche Tränen

**Für Onkel Titus Schrott sortieren,
für Kommissar Reynolds Betrüger schnappen –
schwere Schufterei für die drei ???**

Den ganzen Vormittag arbeiteten die drei ??? auf dem Schrottplatz und atmeten staubige Luft ein. Seit Stunden stapelten sie alte Autoreifen übereinander und sortierten verrostete Eisenteile. Bob Andrews zog seine Arbeitshandschuhe aus und wischte sich den Schweiß von der Stirn. »Und das alles für die paar Dollar von Onkel Titus«, keuchte er. »Wenn da nicht noch die andere Sache wäre, dann würde ich keinen Finger krumm machen.«

Mit der anderen Sache meinte er Tante Mathilda, die in diesem Moment die schattige Veranda des Wohnhauses betrat. In den Händen hielt sie ein riesiges Tablett mit Kirschkuchen. Mit diesem Kuchen hatte sie schon zwei Mal die Backmeisterschaft in Rocky Beach gewonnen und war zu Recht stolz auf ihr Rezept. Justus Jonas war der Erste, der sich an den runden Tisch setzte. »Tante Mathilda, mit deinem Kirschkuchen würdest du mehr Geld verdienen als Onkel Titus mit seinem Schrott«, lachte er und schob sich ein großes Stück auf den Teller.

»Das ist kein Schrott! Das sind alles Wertstoffe!«, antwortete ihm erbost eine kräftige Stimme. Es war Onkel Titus, der vor dem Schuppen seinen Verkaufsstand für besonders wertvolle Stücke aufbaute. »Ich habe das sehr wohl gehört, Justus.

Macht euch nur lustig über mein Geschäft. Immerhin ernährt es eine ganze Familie. Hier, diese verstaubte Kuckucksuhr wird mal 250 Dollar einbringen.« Über den hohen Preis musste er selbst schmunzeln und stieg die Stufen zur Veranda hoch. Als Letzter kam Peter Shaw und goss sich einen Becher kalten Orangensaft ins Glas. Bob sah ihn an und grinste. »Peter scheint die Schufterei nichts auszumachen. Wahrscheinlich ist der Job für ihn wie Krafttraining. Am besten, Just und ich teilen uns den Lohn von Onkel Titus.« Bevor Peter etwas dagegen sagen konnte, platzte Tante Mathilda dazwischen. »Nun streitet nicht, sonst nehme ich euch den Kuchen weg!« Ab sofort kehrte Ruhe ein, und alle stopften sich hungrig den Bauch voll. Onkel Titus schlürfte zufrieden seinen Kaffee und blätterte in der Zeitung. »Na so etwas. Das Krankenhaus bei uns in Rocky Beach ist seit einer Woche komplett geschlossen wegen Renovierungsarbeiten. Dann kann man

ja nur hoffen, dass ich jetzt nicht vom Stuhl falle und mir dabei die Kuchengabel in den Hintern steche.« Das Lachen am Tisch wurde erst unterbrochen, als ein roter Sportwagen lautstark auf das Gelände rollte. Staub wirbelte auf, und eine Frau öffnete schwungvoll die Autotür. »Coole Karre«, stellte Peter anerkennend fest. »Das ist 'n Ford Thunderbird aus den Sechzigern.« Die Frau stöckelte mit ihren hohen Absätzen geradewegs auf den Verkaufsstand vor dem Schuppen zu. »Kundschaft«, freute sich Onkel Titus und lief ihr entgegen. »Los, hinterher!«, rief Justus. »Ich will wissen, was er ihr andreht.« Seine beiden Freunde folgten ihm.

Die Frau begeisterte sich für jedes Stück, das sie begutachtete. Plötzlich hielt sie die verstaubte Kuckucksuhr in den Händen. »Oh, nein ... wie entzückend ... also so was von chic ... wirklich, diese Uhr muss ich haben. Was soll die kosten, guter Mann?« Bevor Onkel Titus antworten konnte, drängte sich Justus dazwischen. »250 Dollar. Das ist ein Spezialpreis«, verkündete er mit sicherer Stimme. Onkel Titus schüttelte aufgeregt den Kopf und schnappte nach Luft. Doch der Dame schien der hohe Preis nichts auszumachen. »250 Dollar sagt der entzückende kleine Junge? Das ist ja fast geschenkt. Ich nehme die Uhr.« Entschlossen öffnete sie ihre Handtasche und Onkel Titus starrte mit offenem Mund auf seinen grinsenden Neffen.

Doch dann geschah etwas, womit keiner gerechnet hatte. Die Dame schüttete den gesamten Inhalt ihrer Tasche auf den Verkaufstisch und wurde schlagartig kreidebleich. »Oh nein ...

mein Portemonnaie ... mein Portemonnaie ist weg. All mein Geld, meine Kreditkarten ... einfach alles.« Mit zittrigen Händen durchwühlte sie den Haufen. »Man muss mich bestohlen haben. Ich habe nichts mehr. Alles weg.« Schluchzend vergrub sie ihr Gesicht in den Händen.
Onkel Titus und die drei ??? schwiegen betroffen. Jetzt kam auch Tante Mathilda dazu und nahm die weinende Frau in den Arm. »Nun beruhigen Sie sich doch. Alles wird sich wieder finden. Ich mache Ihnen erst mal einen starken Tee.« Die Frau schüttelte den Kopf. »Haben Sie vielen Dank, aber Sie können mir nicht helfen. Ich muss in zwei Stunden in Hollywood sein. Wenn nicht, bin ich meinen Job los – und ich hab nicht mal Geld zum Tanken. Es ist aus.«
Ratlos hielt Onkel Titus die Kuckucksuhr in den Händen. Die Frau tat ihm Leid, und gleichzeitig zerplatzte das beste Geschäft seines Lebens. Mit einem Taschentuch putzte sie sich die Nase und stotterte mit weinerlicher Stimme: »Die Uhr kaufe ich natürlich. Versprochen ist versprochen. Nächste Woche muss ich wieder nach Rocky Beach. Meine Mutter liegt hier im Krankenhaus, und ich besuche sie so wie heute. Dann habe ich das Geld und nehme die Uhr mit.«
Onkel Titus' Augen erhellten sich. Er überlegte noch eine Weile, dann griff er in die Hosentasche und zog seine Brieftasche hervor. »Meine Dame, hier haben Sie 50 Dollar. Damit können Sie tanken und kommen rechtzeitig nach Hollywood – wenn Sie versprechen, mir nächste Woche das Geld zurückzugeben.« Die Frau war überglücklich. »Das würden Sie machen?

Sie sind ein Engel. Natürlich komme ich, und dann erhalten Sie Ihre 50 Dollar und die 250 für die Uhr. Sie haben mich gerettet!«, rief sie strahlend und fiel Onkel Titus um den Hals. Während sie sich immer wieder bei ihm bedankte, verschwanden die drei ??? unauffällig im Wohnhaus. Nach einer Weile kamen sie zurück. Tante Mathilda packte der Dame noch einige Stücke Kirschkuchen für die Fahrt ein. Dann setzte sich die Frau wieder ins Auto und winkte aus dem Fenster. »Vielen, vielen Dank nochmals. Sie sind sehr liebe Menschen.« Sie ließ den Motor an und wendete den Wagen.

Gerade, als sie durch das Tor fahren wollte, kam ihr ein Polizeifahrzeug entgegen und versperrte den Weg. Die drei ??? sahen sich erleichtert an. »Puh, gerade noch im letzten Moment«, atmete Peter auf.

Kommissar Reynolds stieg aus dem Polizeiwagen und ging direkt auf die Dame im Auto zu. Jetzt standen auch alle anderen um sie herum. »Na, wen haben wir denn da?«, grinste der Polizist. »Dolly Carlton. Eine der meistgesuchten Trickbetrügerinnen Kaliforniens. Gratuliere, Jungs! Da ist euch ein dicker Fisch ins Netz gegangen.« Onkel Titus und Tante Mathilda verstanden die Welt nicht mehr und blickten ratlos auf die drei ???. Endlich klärte Justus die Situation auf. »Zuerst sind wir auch auf die Tränen der feinen Lady reingefallen. Doch dann machte die Betrügerin einen entscheidenden Fehler. Wir sind sofort ins Haus gelaufen und haben Kommissar Reynolds angerufen. Glücklicherweise kam er gerade noch rechtzeitig.«

Die drei ??? klatschten in die Hände. Der Polizist legte Dolly Carlton Handschellen an und gab Onkel Titus die 50 Dollar wieder. »Ihre Masche ist immer die gleiche. Erst will sie etwas Teures kaufen, dann ist ihr anscheinend das Geld gestohlen worden. Aber damit ist jetzt Schluss. Ihr Jungs habt ganze Arbeit geleistet.« Als die Betrügerin in den Polizeiwagen stieg, brüllte sie den drei ??? unentwegt Schimpfwörter entgegen. Onkel Titus schüttelte entsetzt den Kopf. »Wie man sich doch täuschen kann ... Aber jetzt sagt mal, wodurch hat sich die Frau eigentlich verraten?«

??? Weißt du, warum die drei ??? sich so sicher waren, dass die Frau eine Betrügerin ist?

Duell der Inline-Skater

Ein gefährlicher Fall von Sabotage: Konkurrenten versuchen, Favorit Peter übel auszubremsen

In Rocky Beach war die Hölle los. An diesem Wochenende fand in dem kleinen kalifornischen Städtchen die alljährliche Inline-Skater-Meisterschaft statt. Über hundert Teilnehmer jagten seit Freitag über die zweitausend Meter lange Rennstrecke quer durch den Ort. Es wurde immer in Gruppen angetreten, bei denen nur der Erste eine Runde weiterkam. Drei Läufer hatten sich schon für das Finale qualifiziert. Wer der vierte und letzte Teilnehmer dieser Endrunde sein würde, sollte sich in wenigen Minuten entscheiden. Start und Ziel war der Marktplatz. Überall an der Strecke drängten sich die Zuschauer und warteten mit Spannung auf das nächste Rennen.

Die drei ??? waren natürlich mit dabei. Unruhig stand Peter Shaw an der Startlinie und setzte sich seinen Helm auf. »Drückt mir die Daumen! Dieses Rennen noch – und dann bin ich im Finale«, flüsterte er seinen beiden Freunden zu. Bob Andrews reichte ihm die Wasserflasche. »Keine Angst, Peter. Das schaffst du locker.«

Bob hatte gut reden. Er war schon in der ersten Runde aus dem Rennen geflogen, denn gleich am Start fiel ihm die Brille von der Nase, und er erreichte nur noch als Letzter das Ziel. Justus Jonas nahm erst gar nicht an der Meisterschaft teil. »Sport und gutes Essen passen nicht zusammen«, grinste er und blickte auf einen Hotdog-Stand neben der Rennstrecke.

Kurz darauf fiel der Startschuss. Mit einem riesigen Satz schoss Peter nach vorn und setzte sich an die Spitze. Vom Marktplatz aus führte die Strecke zunächst an den vielen Geschäften entlang. Anschließend hetzte er durch einige enge Gassen, immer dicht gefolgt von seinen Gegnern. Als er in die Palmstreet einbog, hatte er schon einen ansehnlichen Vorsprung herausgearbeitet. Ab jetzt ging es nur noch bergab. Kurz vor dem Ziel lag eine sehr scharfe Kurve. Zur Sicherheit hatte man Strohballen an den Rand gelegt. »Los, Peter!«, feuerte ihn Bob an. »Gleich hast du es geschafft!« In dieser

Kurve musste man sehr stark abbremsen. Peter presste mit der Hacke die Bremse auf den Asphalt, jagte haarscharf an den Strohballen vorbei und kam als Erster ins Ziel. Jubelnd rissen Justus und Bob die Arme hoch, denn Peter stand jetzt als vierter Teilnehmer im Finale.

Mitten auf dem Marktplatz hatte man ein großes Zelt aufgebaut. Hier konnten die Sportler sich umziehen und ihre Sachen ablegen. Als die drei ??? dort eintrafen, war es fast leer geräumt. Nur die vier Läufer aus dem Finale hatten ihre Klamotten noch dagelassen. Peter rollte zu seinem Platz, zog die Inline-Skates aus und wischte sich mit einem Handtuch den Schweiß von der Stirn. »Ich bin völlig erledigt«, keuchte er. »Ausgerechnet am heißesten Tag des Jahres findet die Meisterschaft statt.«

Bob fächerte ihm mit einem Stück Pappe Luft zu. »Nur noch ein Rennen, dann hast du es geschafft«, munterte er ihn auf. Justus hatte in der Zwischenzeit die Schuhe von Peter untersucht. Mit einem Schraubenzieher kontrollierte er, ob der Bremsklotz an der Hacke fest saß. »Hauptsache, deine Skates machen das noch mit. Nicht, dass du kurz vorm Ziel eine Bruchlandung hinlegst.« Im Zelt staute sich die Hitze, und die drei ??? hielten es nicht lange darin aus. »Kommt, wir gehen zum Brunnen und halten den Kopf ins Wasser!«, schlug Bob vor. Beim Hinausgehen kamen ihnen die drei anderen Skater entgegen, die es ebenfalls bis ins Finale geschafft hatten. Justus, Peter und Bob kannten sie aus der Schule.

Zunächst war da Jim Carlton. Ein großer, kräftiger Junge, mindestens drei Jahre älter als Peter. Dann kam Larry Jacobs, ein kleiner Blonder mit unzähligen Sommersprossen. Er trug immer noch seinen knallroten Helm auf dem Kopf. Und zuletzt kam der Sieger aus dem Vorjahr: Ronald Butler. Alle drei warfen einen flüchtigen und kalten Blick auf Peter.
Die Sonne stand jetzt senkrecht am Himmel und offensichtlich hatten auch schon andere Leute die Idee mit dem Brunnen gehabt. Dicht an dicht standen die Menschen mit ihren nackten Füßen in dem kleinen Becken und versuchten, sich abzukühlen. Es dauerte noch eine halbe Stunde, bis über Lautsprecher das Finale angekündigt wurde.
»Meine Damen und Herren, in wenigen Minuten ist es soweit. Gleich wissen wir, wer in diesem Jahr die Rocky-Beach-Inline-Skater-Meisterschaft gewinnen wird. Ich darf die Finalisten nun bitten, sich an den Start zu begeben!«
Eilig liefen die drei ??? wieder zurück ins Zelt. »Los! Beeilung, Peter, sonst starten die ohne dich«, rief Bob aufgeregt. Wenig später standen alle vier Teilnehmer erwartungsvoll an der Startlinie. Peter rückte seinen Helm zurecht und kontrollierte die Schützer seiner Knie, Ellenbogen und Schienbeine. Dann ertönte der Startschuss.
Wieder setzte sich Peter an die Spitze, doch diesmal jagten ihm seine drei Verfolger nur knapp hinterher. In den engen Gassen wurde er sogar zwei Mal überholt, doch in der Palmstreet fuhr er wieder vorneweg. Seine beiden Freunde ballten die Fäuste und brüllten so laut sie konnten. Bob zog einen

Fotoapparat aus der Tasche, um ein Bild vom Zieleinlauf zu schießen. Jetzt konnte niemand mehr Peter den Sieg streitig machen. Er schoss den Berg hinunter und musste wie immer vor der Kurve stark abbremsen.

Doch dann geschah das Unfassbare: In dem Moment, als der Bremsklotz zum ersten Mal den Asphalt berührte, begann er plötzlich zu wackeln und riss vom Schuh ab. Justus stockte der Atem. »Oh nein! Peter ist zu schnell. Ohne Bremse fliegt er aus der Kurve!«

So geschah es auch. Bevor Peter etwas unternehmen konnte, raste er auf die Strohballen zu und flog mit einem riesigen Satz über die Absperrung. Glücklicherweise trug er Helm und Schützer und kam mit blauen Flecken davon. Fassungslos versuchten Justus und Bob, ihm auf die Beine zu helfen. Einige Meter weiter wurde gerade Jim Carlton als Sieger gefeiert. Danach folgten Ronald Butler und Larry Jacobs ins Ziel. »Was ist nur passiert?«, stöhnte Peter und setzte sich leicht benommen auf einen der Strohballen.

Justus knetete mit Daumen und Zeigefinger seine Unterlippe. »Ich will dir sagen, was passiert ist«, begann er leise. »Jemand hat die Schraube an deiner Bremse gelockert. Ich habe sie noch kontrolliert. Von allein fällt der Bremsklotz nicht ab.«

Bob sah ihn mit großen Augen an. »Also, du meinst, das hat jemand mit Absicht getan?«, fragte er erstaunt. Justus nickte. »Ja, ich bin mir ganz sicher. Und dies kann nur im Zelt passiert sein, als wir kurz am Brunnen waren.« »Aber wer sollte so etwas getan haben?«, fragte Peter. »Es gibt drei Personen,

die ein Motiv haben«, dachte Justus laut. »Jim Carlton, Larry Jacobs und Ronald Butler haben sich sicher über dein Ausscheiden gefreut. Du warst haushoher Favorit. Und alle drei kamen uns entgegen, als wir das Zelt verließen.«
»Was machen wir jetzt?«, wollte Bob wissen. Justus kniff die Augen zusammen. »Es gibt nur eine Möglichkeit. Wir müssen jeden befragen, was er in dem Zelt wollte.«
Peter und Bob waren mit dem Vorschlag einverstanden. Am Ende der Veranstaltung gingen sie nacheinander zu den drei Verdächtigen. »Ich hab mir was zu Trinken geholt und mich danach draußen in den Schatten gesetzt«, gab Jim Carlton zur Antwort. Larry Jacobs erklärte, dass er seinen Helm im Zelt vergessen hätte, und Ronald Butler wechselte angeblich einen kaputten Knieschützer aus. Am Ende der Befragung grinsten die jungen Detektive zufrieden. Einer der drei hatte eindeutig gelogen und sich verraten.

??? Wer war's? Weißt du die Lösung?

Feuer an Bord

**Alles in Butter auf'm Kutter? Nix da.
Die drei Angelfans fangen diesmal einen fetten Fisch der etwas anderen Art**

»Ich wette, heute beißen die Fische besonders gut an«, lachte Bob und steckte seine Angel zusammen. Neben ihm warf gerade Justus Jonas einen Wurm am Haken weit auf den Pazifik hinaus. »Eigentlich müsste ich mich ja freuen, wenn wir nichts fangen«, murmelte er. Justus mochte nämlich keinen Fisch.
»Warum angelst du überhaupt?«, wollte Peter Shaw wissen.
»Reine Neugier. Ich bin jedes Mal gespannt, was angebissen hat«, grinste Justus und wickelte die Schnur wieder auf.
Die drei ??? saßen so den halben Vormittag auf der Mole des kleinen Fischereihafens. Die Sonne stieg immer höher, und ein warmer Wind wehte ihnen vom Meer entgegen. Als ein altes Fischerboot langsam durch die enge Hafeneinfahrt tuckerte, winkte ihnen der Kapitän entgegen. »He, Jungs! Wenn ihr nichts zu tun habt, könnt ihr euch ein paar Dollar verdienen.« Verwundert sahen sich die drei Detektive an. »Was sollen wir tun?«, rief Bob zurück. »Kommt an Bord, dann verklicker ich euch das!« Das Boot fuhr so dicht an die Hafenmauer, dass die drei aufs Deck springen konnten. Justus betrachtete den heruntergekommenen Fischkutter und lehnte seine Angel an die Reling.
»Sie wollen uns **was**?«, fragte er den bärtigen Kapitän verwundert. »Ich seh schon, ihr seid Landratten. Nun gut, ›ver-

klickern‹ heißt erklären. Also, ich bin Kapitän Clapper, und das ist mein gutes altes Schiff, die ›Laura‹. Mein Hilfsmatrose ist krank, und ich brauch ein paar kräftige Hände, um die Netze einzuholen. Was ist, ihr bekommt jeder zwei Dollar?« Das war

nicht viel, doch schließlich willigten die drei ein – vielleicht würde es ja spannend werden.

Nach einigen Seemeilen drosselte Kapitän Clapper die Fahrt und zeigte den drei ???, wie man die Netze ausbringt. »Früher hatte ich in zwei Stunden das halbe Boot voller Fische. Heute kann ich froh sein, wenn ich meine Spritkosten reinbekomme. Ne, ne, ne ... die Fischerei lohnt sich nicht mehr. Die modernen Hochseekutter mit den Treibnetzen fischen das ganze Meer leer.«

Tatsächlich, als sie nach mehreren Stunden den Fang einholten, zappelten nur ein paar kleine Fische im Netz. Beim zweiten Versuch hatten sie mehr Glück, und am Ende standen zwei halbvolle Kisten auf dem Deck. »Wichtig ist, dass man immer genügend Eis aus dem Kühlhaus an Bord hat. Ohne Eis vergammelt der Fisch, bevor die Sonne untergeht«, grinste der Kapitän vergnügt.

Zurück im Hafen sprang Peter an Land, und Bob schmiss ihm das Tau zum Festmachen des Bootes rüber. »So, Jungs, den Rest schaffe ich allein. Ich muss nur noch den Fang in die Kühlhalle bringen. Hier habt ihr jeder eure zwei Dollar.«

Zufrieden nahmen die drei ??? das Geld, gingen zu ihren Fahrrädern und fuhren die kurvige Straße nach Rocky Beach zurück. Plötzlich bremste Justus abrupt. »Oh nein, wisst ihr, was wir vergessen haben? Unsere Angeln liegen noch auf der ›Laura‹.«

Eilig fuhren sie den Weg zurück. Ein Mann spritzte gerade mit einem Schlauch leere Fischkisten ab. »Hallo, Mister!«, rief

Justus. »Ist Kapitän Clapper noch in der Halle?« Der Mann im dreckigen Overall stellte das Wasser ab. »Clapper sucht ihr? Ja, der hat seinen Fang gebracht und ist gleich wieder weg.« »Hat er gesagt, wo er hin will?«, fragte Justus weiter. »Ne, hat er nicht. Er hat nur gesagt, dass er für die nächsten Tage kein Eis bestellen will.«
Bob zog Justus am Arm. »Just, wir gehen einfach auf die ›Laura‹ und holen uns die Angeln.« Das alte Fischerboot lag immer noch vertäut an der gleichen Stelle und schaukelte ruhig im Hafenbecken hin und her. Nacheinander kletterten die drei ??? an Bord und sammelten die Angeln auf. Justus spähte durch ein kleines Fenster des Führerhauses: »Merkwürdig, da drin brennt ein Kerzenstummel.«
Seine beiden Freunde drängten sich neben ihn. Peter fächerte sich mit der Hand Luft ins Gesicht. »Riecht ihr das?«, fragte er aufgeregt. »Das ist eindeutig Benzingeruch.« Die drei ??? erstarrten vor Schreck. Die Kerze stand mitten im Raum auf einem kleinen Tischchen. Von der Kante tropfte eine helle Flüssigkeit – alles war durchtränkt mit Benzin.
In diesem Moment flackerte die abgebrannte Kerze ein letztes Mal auf und der Docht neigte sich auf die Tischoberfläche. Sofort fauchte eine grelle Flamme empor. »Alles von Bord! Der Laden fliegt gleich in die Luft!«, schrie Peter entsetzt und hechtete mit einem mächtigen Satz über die Reling. Justus und Bob sprangen schreiend hinterher.
Gleichzeitig zersplitterte die Scheibe, und eine Feuerwalze züngelte übers Deck. Als sie wieder auftauchten, stand das

Boot in Flammen. Jetzt kamen von überall Menschen und halfen den dreien aus dem Wasser heraus. Das Feuer wütete so erbarmungslos, dass der Kutter innerhalb von wenigen Minuten mit einem lauten Zischen im Hafenbecken versank.
»Was ist passiert?«, fragte einer der hinzugeeilten Männer aufgeregt. Gerade wollte Peter antworten, als Kapitän Clapper kam. »Oh, nein … mein Schiff … meine ›Laura‹ … ich bin ruiniert«, jammerte er und ergriff das durchgeschmorte Tau, an dem das Schiff festgemacht worden war. Er sackte zu Boden und begann zu weinen.
Alle um ihn herum schwiegen ergriffen. Nur Justus knetete mit Daumen und Zeigefinger die Unterlippe. »Ich will Ihnen sagen, was passiert ist«, begann er, und alle drehten sich zu ihm um. »Es war Brandstiftung.« Bob und Peter nickten eifrig.
Fassungslos erhob sich Kapitän Clapper. »Brandstiftung? Tausend Piraten noch mal, wer zum Teufel sollte so etwas machen?« Gleichzeitig zeigten die drei Detektive auf den Kapitän. »Sie selbst, Mister«, begann Justus mit fester Stimme. »Sie bekommen garantiert von der Versicherung Geld!«
Kapitän Clapper platzte fast vor Wut. »Was? Wie kommt ihr miesen Landratten auf so eine Idee? Ihr habt nicht einen winzigen Beweis für eure Anschuldigung!«
Doch Justus wich nicht zurück. »Doch! Sie haben sich kurz vor Ihrer Tat verraten!«

??? Aber wodurch hat er sich verraten? Weißt du es?

Geisterstunde

Was hat ein Gespenst auf dem nächtlichen Schrottplatz verloren? Nix, da sind sich die drei ??? einig. Aber gruselig ist es doch ...

»Ich kann nicht mehr«, stöhnte Justus Jonas und wischte sich mit dem Arbeitshandschuh das Gesicht ab. Zusammen mit Peter und Bob war er schon den ganzen Tag damit beschäftigt, den Schrottplatz aufzuräumen. Bob Andrews betrachtete einen Stapel verrosteter Elektromotoren. »Ich möchte mal wissen, was dein Onkel mit dem ganzen Zeug will!« »Das kann dir doch egal sein«, lachte Peter. »Hauptsache, wir verdienen uns damit ein paar Dollar Taschengeld.« In diesem Moment kam Onkel Titus auf sie zu. »**Ein paar** Dollar ist gut. Ihr könnt froh sein, dass ich so spendabel bin. Aber jetzt kommt rein! Tante Mathilda hat das Abendessen vorbereitet.« Wenig später saßen sie alle um den runden Tisch in der Küche, und über dem Pazifik ging gerade die Sonne unter. Nachdem sich die drei ??? bis oben hin voll gestopft hatten, sackten sie völlig erschöpft in den Stühlen zusammen. »Mir tut jeder einzelne Knochen weh«, jammerte Bob und legte seine Brille auf den Tisch. Tante Mathilda schenkte ihnen Tee nach. »Es ist schon spät geworden. Warum schlaft ihr nicht bei uns? Morgen früh gibt es dann ein kräftiges Frühstück.« Peter und Bob waren einverstanden. Es kam öfter vor, dass sie bei Justus übernachteten. Onkel Titus lehnte sich zurück und blickte aus dem Fenster. »Es wird eine unruhige Nacht werden – wir haben Vollmond«, sagte er nachdenklich und gab Beasty einen Wurstzipfel. Beasty war eine schwarze, streunende Katze. Seit einigen Tagen bewohnte sie den Schrottplatz und hatte sich anscheinend Onkel Titus anvertraut. Er war der Einzige, von dem sie sich streicheln ließ. Schnurrend lag sie in seinem Schoß. »Was meinen Sie damit?«, fragte Peter besorgt. »Nun, es ist doch kein Geheimnis, dass bei Vollmond geheimnisvolle Dinge geschehen. Ich spreche nicht von Ebbe und Flut. Es sind Dinge, die außerhalb unseres Verstehens liegen.« Onkel Titus schien es zu genießen, dass

ihn die drei ??? erstaunt anstarrten. »Nun jage den Kindern keine Angst ein!«, schimpfte Tante Mathilda und räumte die Teller ab. Doch Justus' Neugier war geweckt worden. »Du meinst doch damit nicht Geister und so 'n Zeug, oder? Wir sind keine Babys mehr.« Sein Onkel grinste. »Ich darf dazu nichts mehr sagen, sonst bekomme ich Ärger mit Tante Mathilda.«
Kurz danach stiegen die drei ??? todmüde die Treppe zu Justus' Zimmer im ersten Stockwerk hinauf. Tante Mathilda hatte zuvor Peters und Bobs Eltern angerufen und beiden eine Luftmatratze und Bettzeug zurechtgelegt. Wenig später lagen alle drei in ihren Betten, und das kalte Licht des Vollmondes schien durch das offene Fenster. Langsam senkte sich die Nacht über die kleine Stadt in Kalifornien. Rocky Beach schlief. Es war so still, dass man aus der Ferne die gleichmäßige Brandung des Pazifiks hören konnte. Das Rauschen wurde nur von den Glockenschlägen der Kirchturmuhr übertönt. Beim zwölften Schlag wurde Peter mit einem Mal hellwach. Es war genau Mitternacht. Müde rieb er sich die Augen und blickte ins fahle Mondlicht. Draußen heulte eine Katze auf. Gerade als er sich die Bettdecke über den Kopf ziehen wollte, vernahm er plötzlich ein lautes, metallisches Scheppern. Jetzt war auch Bob wach. »He, was war das?«, flüsterte er erschrocken. Justus war der Letzte, der die Augen öffnete. »Gibt's schon Frühstück?«, fragte er und stieg aus dem Bett. Peter dachte nicht daran aufzustehen. »Hast du das nicht gehört, Just? Da ist irgendetwas auf dem Schrottplatz.« Justus blickte aus dem Fenster. »Sieht alles ruhig aus draußen. Vielleicht war es ein

Tier. Aber wir können ja mal nachsehen.« »Du meinst doch wohl nicht etwa, wir sollen mitten in der Nacht auf dem Schrottplatz herumlaufen? Ich erinnere mich noch genau an das, was dein Onkel heute Abend erzählt hat.« Peter war entsetzt über den Vorschlag. Doch Justus schien sich schon entschlossen zu haben. »Ich finde, wir sollten auf jeden Fall draußen nachsehen. Denn wenn wir unsere Angst eingestehen würden, hieße das ja, wir glauben an den Geisterquatsch. Bob, was meinst du?« Bob Andrews setzte umständlich seine Brille auf. »Wir sind bestimmt nicht die Ersten, die sich diese Frage stellen.« Justus zog bereits seine Schuhe an. »Genau. Und darum sollten wir froh sein, endlich diese Frage klären zu können.« Schließlich wurde Bob von ihm überzeugt. »Los, wir klettern aus dem Fenster über das Schuppendach nach draußen!«, schlug Justus vor. »Sonst wecken wir womöglich Onkel Titus und Tante Mathilda auf.« Als Peter seine beiden Freunde verschwinden sah, sprang er aus dem Bett. Allein wollte er auch nicht in dem Zimmer bleiben. »Wartet auf mich. Ich komme mit!«

Einer nach dem anderen rutschte vorsichtig über das Schuppendach auf den sandigen Boden des Schrottplatzes. Langsam gewöhnten sich ihre Augen an das schwache Mondlicht. »Wir sollten nachsehen, ob dein Onkel nicht eine Taschenlampe im Schuppen hat«, schlug Bob vor. Justus und Peter stimmten zu. Knarrend öffnete sich die Tür, und die drei ??? verschwanden in dem kleinen Anbau aus Holz. In völliger Finsternis ertasteten sie die Regale. Plötzlich hörten sie von

draußen erneut das Scheppern. »Da ist es wieder!«, zischte Peter starr vor Schreck. In dem Moment wurde er von einem hellen Lichtschein geblendet. »Keine Panik!«, rief Bob. »Ich habe eine Taschenlampe gefunden.«
Der ganze Schuppen war voll gepackt mit Gerümpel. Hier bewahrte Onkel Titus seinen Lieblingsschrott auf. Justus kramte ein altes Fischernetz hervor. »Wir sollten ein paar Dinge mitnehmen. Wer weiß, was wir auf dem Schrottplatz finden«, flüsterte er. »Willst du damit einen Geisterfisch fangen?«, grinste Bob. Peter griff sich ein langes Seil. »Hört auf, auch noch Witze darüber zu machen! Ich will wieder ins Bett.« Doch dafür war es jetzt zu spät, denn von draußen klopfte etwas laut und gleichmäßig an den Schuppen. Die drei ??? hielten den Atem an. Nach endlosen Minuten wagte Justus als Erster, den Kopf aus der Tür zu stecken. Vorsichtig drängten sich Peter und Bob neben ihn. Plötzlich huschte etwas wie ein heller Schatten vor ihnen über den Platz und versteckte sich hinter einem Haufen Schrott. »Jetzt sitzt es in der Falle«, flüsterte Justus. Peter war fassungslos. »Du meinst, wir sitzen in der Falle«, keuchte er. Justus knetete mit Daumen und Zeigefinger seine Unterlippe. »Also das da vorn ist niemals ein Gespenst. Habt ihr nicht die schweren Schritte gehört? Das müsste schon ein Geist mit Stiefeln sein. Außerdem hat mich das flatternde Ding eher an mein Bettlaken erinnert.« Bob nickte. »Ich glaube auch nicht an ein Nachtgespenst. Wir sollten der Sache auf den Grund gehen.«

Entschlossen näherten sie sich von allen drei Seiten dem Schrotthaufen. Behutsam spähte Justus zwischen aufgestapelten Autoreifen hindurch. Und tatsächlich – direkt dahinter kauerte eine verhüllte Gestalt, und inmitten der schimmernden, weißen Stoffbahnen vergrub sich ängstlich Beasty, die schwarze Katze. »Los! Zum Angriff!«, brüllte plötzlich Justus und kreischend rannte die Katze über den Platz. Er sprang nach vorn und warf dem Wesen das Netz über den Kopf. Gleichzeitig wickelten Peter und Bob das Seil um den zappelnden Körper. Kurz darauf lag der vermeintliche Geist gut gefesselt und verpackt vor ihnen. »Das war's, Onkel Titus«, grinste Justus. »So leicht jagt uns keiner einen Schrecken ein.« Seine beiden Freunde sahen ihn erstaunt an.

Woher wusste Justus, dass unter dem Bettlaken Onkel Titus steckte?

Geheime Flaschenpost

Angeln mit Überraschung: Statt einem leckeren Fisch ziehen die drei ??? ein spannendes Abenteuer an Land

Seit Stunden saßen die drei ??? auf der Kaimauer des kleinen Fischereihafens und hielten gelangweilt ihre Angeln ins Wasser. Bob Andrews starrte regungslos auf den Pazifik. »Angeln ist genauso aufregend wie Stricken. Wer hatte eigentlich diese bescheuerte Idee?« Peter Shaw rollte ärgerlich seine Schnur auf: »Du hattest ja auch keinen besseren Vorschlag. Beim nächsten Mal bleib doch einfach zu Hause!« Die Stimmung war auf dem Nullpunkt. Nur Justus Jonas konzentrierte sich auf seine Angelsehne. »Hört auf euch zu nerven! Gebt mir lieber den Catcher!« Bob und Peter sahen sich verwundert an. »Hat einer angebissen?«, riefen sie gleichzeitig. »Keine Ahnung. Auf jeden Fall hängt da was Schweres dran.« Der Ärger war schlagartig vergessen. Hektisch tauchten sie den Catcher ins Wasser und zerrten an der Angel. »Zappeln tut es nicht«, keuchte Bob. »Vielleicht ist es ein toter Hai.« Peter trat einen Schritt zurück. Doch dann erblickten sie es alle gleichzeitig: Am Haken baumelte eine kleine Schiffsschraube. »Na klasse, wenn wir so weitermachen, haben wir bald eine komplette Motorjacht zusammen«, lachte Justus und zog den Propeller aus dem Wasser. »Ich denke, das Teil ist von einem Boot abgefallen. So wie es aussieht, liegt es schon seit Jahren im Hafenbecken.« Gerade wollte er die Schraube wieder zurück ins Wasser werfen, als eine kräftige Hand seinen Arm packte.

»Bist du verrückt, Junge? Gib mir lieber das Ding!« Die drei ??? drehten sich erschrocken um. Hinter ihnen stand ein alter bärtiger Mann und grinste sie an. »Was glotzt ihr denn so? Habt ihr noch nie einen waschechten Seeräuber gesehen?« Justus fand als Erster die Sprache wieder. »Was wollen Sie denn mit so einem verrosteten Propeller?« Der unheimliche Alte stützte sich auf sein Holzbein und zeigte mit der Krücke auf einen windschiefen Schuppen. »Gestatten, dass ich mich vorstelle: Old Digger. Hier im Hafen besser bekannt als ›Digger der

Trödler‹ – dahinten wohne ich. Ich sammle alles, was das Meer ausspuckt. Kommt mit, ich zeig euch meinen Laden!« Die Neugierde zerstreute alle Bedenken und so folgten sie dem Mann. Auf dem zerbeulten Schuppendach stritten sich ein paar Möwen kreischend um einen stinkenden Fischkopf. »Dann mal rein in die gute Stube!«, lachte der Alte und öffnete die quietschende Holztür. Die drei ??? traten mutig einen Schritt nach vorn und blinzelten in die Dunkelheit. Erst als Old Digger eine Petroleumlampe entzündete, sah man etwas: Der ganze Raum war voll gepackt mit Gerümpel. Alte Fischernetze, Harpunen, Schiffsglocken, Rettungsringe, Haimäuler, Steuerräder und Holzkisten. »Was machen Sie mit dem ganzen Zeug?«, entfuhr es Bob. »Ich kaufe und verkaufe, mein Junge. Viele Touristen aus der Stadt kommen und wühlen hier rum. Aber zur Sache: Was wollt ihr für eure Schiffsschraube haben? Geld kann ich euch nicht geben, bin zur Zeit etwas knapp bei Kasse. Aber ihr dürft euch was aussuchen – Tauschgeschäft sozusagen.« Peter musste fast loslachen. Es gab in dem Schuppen absolut nichts, was man auch nur im Geringsten brauchen konnte. Doch plötzlich hielt Justus eine leere Flasche in der Hand. Sie war übersät mit Seepocken und hatte als Verschluss eine kleine Meerjungfrau aus Metall. »Diese Flasche würde ich gern gegen unseren Propeller tauschen«, schlug er vor. Old Digger kniff die Augen zusammen. »Einverstanden. Das olle Ding hab ich vor Jahren mal am Strand gefunden. Ich tausche aber nur, wenn ich die Meerjungfrau behalten kann.« Justus überlegte kurz. »Na gut, dann gehört

uns die Flasche und Sie bekommen die Figur und die Schraube – abgemacht.« Als die drei wieder draußen standen, konnten sich seine beiden Freunde vor Lachen kaum halten. »Der Alte hat dich angeschmiert, Just. Was willst du denn mit so einer alten Buddel anfangen?«, prustete es aus Bob heraus. Justus schob seine beiden Freunde hinter einen Stapel Fischkisten. »Nicht so laut! Guckt euch die Flasche mal lieber genauer an!«, zischte er. Peter hielt sie gegen die Sonne. »Tatsächlich, da ist was drin ... sieht aus wie ein Stück Papier ... Es ist eine Flaschenpost!« Jetzt waren die drei Detektive in ihrem Element. Mit einem Stöckchen versuchte Justus vorsichtig, den Zettel durch den Flaschenhals herauszufischen. »Ich hab es auch erst entdeckt, als Digger seine Petroleumlampe direkt daneben gestellt hat. Da – jetzt hab ich ihn.« Alle drei starrten gebannt auf das Papier. Es war ein altes vergilbtes Pergament und an den Rändern schien es leicht verkohlt. »Nun wickel es schon auseinander«, flüsterte Bob aufgeregt. Dann sprach Peter aus, was alle sahen: »Das ist eindeutig eine Schatzkarte. Ich werde wahnsinnig.« Hektisch deutete Bob auf eine gezeichnete Linie. »Sieht aus wie die Küste südlich von Rocky Beach. Und dort, wo das Kreuz ist, befindet sich eine riesige Grotte. Ich war da mal mit meinem Vater.« Dann versuchte Justus, die blasse Schrift am unteren Rand zu entziffern: »Also, hört genau zu, was hier steht: **Stelle dich an den Rand der Finsternis und zähle die Schritte. Die Jungfrau wird dir helfen. Dann ist er dein: der sagenhafte Goldschatz von Kapitän Bloodfinger.**« Fassungslos starrten die drei auf die

Schatzkarte. »Wisst ihr, was das bedeutet?«, durchbrach Bob das Schweigen. »Bloodfinger war bestimmt Pirat und das Gold ist die Beute seiner Raubzüge. Wir sind reich!« Justus knetete seine Unterlippe. »Zunächst haben wir nur einen vergilbten Zettel in der Hand.« Bob schien das überhört zu haben. »Ich schlage vor, wir besorgen uns Schaufeln, fahren mit den Rädern zur Grotte und buddeln den Schatz aus.« Peter hielt ihn am Arm fest. »Hier steht was von einer Jungfrau. Erst wenn wir das Rätsel lösen, kommen wir ans Gold.« Justus gab ihm Recht. »Es scheint eine Art Gebrauchsanweisung zu sein. Was kann das mit der Finsternis bedeuten?« Bob sprang auf. »Ist doch klar. Das heißt: Stelle dich an den Eingang zur Grotte! Dann einfach loslaufen, Schritte zählen und ausbuddeln.« Justus zog ihn wieder hinter die Kisten. »Und wie viel Schritte willst du gehen? Hier steht: **Die Jungfrau wird dir helfen.** Damit kann nur die Figur auf dem Flaschenverschluss gemeint sein. Ich wette, da steht eine Zahl drauf. Ohne diesen Hinweis können wir lange buddeln.« Bob und Peter nickten. Justus stand auf und steckte vorsichtig die Schatzkarte in seine Hosentasche. »Wir müssen noch mal zum alten Digger. Er darf nur keinen Verdacht schöpfen.« Der alte Mann schien auf seinem Sessel eingeschlafen zu sein. Erst als sich Bob laut räusperte, öffnete Digger langsam die Augen. »Ach, meine glücklosen Angler. Habt ihr noch eine Schiffsschraube gefangen?«, lachte er. Justus zeigte auf die leere Flasche in seiner Hand. »Nein, diesmal wollen wir nichts verkaufen. Wir wollen kaufen. Und zwar den Verschluss mit

der Meerjungfrau. Wir haben uns gedacht, so eine Flasche ohne Deckel ist nur eine halbe Sache.« Ohne Eile begann Digger eine Pfeife zu stopfen. »Soso, die Meerjungfrau also. Sie scheint euch ja viel zu bedeuten?« Der alte Mann griff unter seinen Sessel und beförderte die Figur nach oben. »Kein Problem, Jungs. Ihr könnt das Ding haben.« Die drei ??? strahlten. »Für schlappe fünfzig Dollar gehört sie euch.« »Fünfzig Dollar?«, rief Peter entsetzt. »So viel Geld hab ich noch nie auf einem Haufen gesehen.« Digger blies ihm den Pfeifenrauch ins Gesicht. »Tja, liebe Freunde – dann müsst ihr eben sparen.« Bob war außer sich vor Wut. »Wissen Sie was: Die Jungfrau können Sie wieder unter Ihren Sessel schieben.« »Wie ihr wollt«, sagte der alte Mann gelassen. »Dann wird Bloodfinger eben den Nächsten glücklich machen.« Justus trat plötzlich vor und stellte sich direkt vor den bärtigen Mann. Er holte tief Luft. »Mister Digger, Sie sind ein Betrüger. Sie selbst haben den Zettel in die Flasche gesteckt. Dann brauchten Sie nur noch zu warten, bis wir wiederkommen und für jeden Preis die Meerjungfrau haben wollen. Bestimmt sind wir nicht die Ersten, die auf Ihren Betrug reingefallen sind.« Peter und Bob staunten nicht schlecht, als sie ihren Freund das sagen hörten, und langsam begann die Pfeife in Old Diggers Mund zu zittern.

??? Justus Jonas hatte mit seiner Vermutung Recht. Aber wie kam er darauf? Weißt du es?

Hilfe, Handydiebe!

Ärger um Titus' neues Telefon – oder: Wie die drei ??? Kids einen Taschendieb austricksen

Die Sonne stand senkrecht am Himmel, als Onkel Titus mit seinem alten Pick-up über die Straße holperte. »Ich hoffe, wir kommen nicht zu spät«, murmelte er und bog in das Grundstück einer stillgelegten Fabrik ein. Er war nicht allein, denn neben ihm drängten sich Justus, Peter und Bob auf dem Vordersitz. Als endlich der Motor abgestellt war, sprangen die drei erleichtert aus der Tür. »Na endlich«, stöhnte Bob. »Just hat sich so breit gemacht wie ein Walfisch und mich fast zerquetscht.« Justus Jonas tat so, als hörte er gar nicht hin. Er mochte es nicht, wenn man über seine Figur Witze machte.

Onkel Titus ging auf das alte Gebäude zu, und die drei ??? folgten ihm neugierig. »Hallo, ist hier jemand?«, rief er laut und öffnete das große Fabriktor. Sie blickten in eine große Halle und versuchten sich an die Dunkelheit zu gewöhnen. »Hört mich jemand, hallo?«, wiederholte Titus, und seine Stimme hallte von den hohen Wänden zurück. Plötzlich kam ihnen ein kleiner Mann in einem verschmierten Arbeitsanzug entgegen. »Kann ich Ihnen helfen?«, fragte er höflich. Onkel Titus zog einen Zettel aus der Tasche und hielt ihm den entgegen. »Guten Tag, ich hab den Auftrag, hier einige alte Maschinen abzuholen. Wenn ich mich vorstellen darf: Titus Jonas, Wertstoffhandel und Verschrottung aller Art. Die drei jungen

Männer hier werden mir dabei zur Hand gehen.« Justus, Peter und Bob nickten eifrig. Sie halfen ihm oft bei solchen Aufträgen, um ihr Taschengeld aufzubessern. Der Mann begutachtete den Zettel und schüttelte den Kopf. »Tut mir Leid, Mister Jonas. Der Auftrag wurde kurzfristig zurückgenommen. Man hat heute Morgen mehrmals versucht, Sie telefonisch zu erreichen.« »Wie sollte man mich erreichen? Ich saß doch im Auto und bin hierher gefahren«, erwiderte Titus Jonas genervt. Sein Gegenüber zuckte mit den Schultern. »Tja, Sie hätten mal Ihr Handy anschalten sollen. Dann wäre der Weg nicht umsonst gewesen.«

Als sie wieder im Pick-up saßen, trommelte Onkel Titus wütend aufs Lenkrad. »So, jetzt reicht es mir! Heute kauf ich mir endlich ein Handy.« Die drei ??? grinsten zufrieden. Seit einer Ewigkeit versuchten sie ihn davon zu überzeugen, dass ein Geschäftsmann ein Mobiltelefon haben müsse. Eine Stunde später parkten sie auf dem großen Marktplatz von Rocky Beach. Onkel Titus ging eilig voraus. »Peter, du kennst dich doch aus mit diesen ganzen Apparaten. Ich hoffe, ich kann auf dich als Einkaufsberater zählen.«

Kurz darauf standen sie vor dem Verkaufstresen, und Peter begutachtete eifrig die ausgestellten Telefone. »Sie brauchen ein Handy mit gutem Akku, übersichtlichem Display, und natürlich muss es Internet-tauglich sein«, redete er drauflos. Onkel Titus verstand kein Wort und blickte ratlos umher. Am Ende kaufte er eins der teuren Geräte, und Justus notierte sich die neue Telefonnummer auf einem kleinen Zettel.

Zufrieden ließ sein Onkel das Handy in seiner Westentasche verschwinden. »So, jetzt beginnt für Titus' Schrotthandel eine neue Zeitrechnung«, grinste er stolz. »Und wisst ihr was, Jungs? Zum Dank für eure Hilfe und dafür, dass wir heute nichts verdient haben, lade ich euch alle ins Kino ein. Na, seid ihr einverstanden?« Natürlich waren die drei einverstanden. In wenigen Minuten begann im Kino das Nachmittagsprogramm, und sie mussten sich beeilen, um nicht zu spät zu kommen. Während Onkel Titus anstand, um Karten zu holen, kauften sich Justus, Peter und Bob jeder eine Portion Popcorn und Cola. »Kino ohne Popcorn ist wie Baden ohne Wasser«,

lachte Justus mit vollem Mund. Plötzlich rempelte ihn von hinten ein Mann in einer schwarzen Lederjacke an, dass ihm fast die Tüte aus der Hand fiel. »He, können Sie nicht aufpassen!«, schimpfte Justus ihm hinterher. Peter trat erschrocken einen Schritt zurück. »Nicht so laut, Just!«, zischte er. »Der Typ sieht nicht besonders freundlich aus. Lieber ein paar Popcorn verlieren als ein paar Zähne.« Der Mann schien die drei ??? aber überhaupt nicht zu beachten, stellte sich vor einen öffentlichen Telefonapparat und wählte eine Nummer. Bob grinste. »Typisch, macht auf dicke Hose und hat nicht mal ein Handy.« In diesem Moment kam Onkel Titus mit den Eintrittskarten auf sie zu. »So, es kann losgehen. Wir sitzen ganz hinten.« Dann stellten sie sich in die Einlassschlange. Peter stieß Justus in die Seite. »Genau hinter uns steht der Typ mit der Lederjacke. Ich hoffe nur, dass der nicht neben uns sitzt.« Am Eingang wurde das Gedränge größer. Langsam wurden sie von der Menge mitgeschoben, bis jemand ihnen die Karten abriss. Onkel Titus stand der Schweiß auf der Stirn. »Das war ja ein Gequetsche. Mir blieb fast die Luft weg.«
Die drei ??? waren froh, dass sie ihre Cola heil hineingebracht hatten. Kaum saßen sie auf ihren Plätzen, öffnete sich der Vorhang und die Vorstellung begann. Erst mal gab es Werbung für ein paar andere Filme. Bob rutschte tief in den weichen Sessel hinein. Onkel Titus zog seine Weste aus und legte sie über die Armlehne. Peter stopfte sich derweil eine Hand voll Popcorn in den Mund. »Hauptsache, Sie haben Ihr Handy ausgeschaltet, Mister Jonas. Das ist ganz schön peinlich, wenn das plötzlich

mitten im Film bimmelt.« Onkel Titus antwortete gelassen: »Mir ist es egal, ob es peinlich ist. Ich bin Geschäftsmann und muss immer und überall erreichbar sein. Wofür hab ich mir sonst so ein Ding besorgt?« Er tastete mit einer Hand nach dem Telefon.

Plötzlich packte er hastig die Weste und durchwühlte die Taschen. »Na, hast du schon einen Anruf aus Hollywood?«, grinste Justus. Doch sein Onkel konnte nicht darüber lachen. »Ich kann es kaum glauben. Das Handy ist weg!«

»Das Handy ist weg?«, wiederholten die drei ??? im Chor und blickten ihn ungläubig an. »Ja, wenn ich es euch doch sage. Beim Bezahlen hatte ich es garantiert noch, und jetzt ist es spurlos verschwunden.« Zu viert suchten sie hektisch den Boden ab und sahen unter den Sitzen nach. Doch es war nicht zu entdecken. Justus knetete mit Daumen und Zeigefinger an seiner Unterlippe. »Es gibt nur eine Möglichkeit. Jemand muss das Handy im Gedränge geklaut haben«, flüsterte er.

Sofort fiel den drei ??? der Mann in der schwarzen Jacke ein. Bob war sich sicher. »Das war hundertprozentig der Typ. Ich kann ihn sogar sehen – da vorn, gleich in der dritten Reihe sitzt er.« Fieberhaft überlegten sie, was sie tun konnten. »Wenn wir jetzt mit der Polizei kommen, lässt der Typ das Handy ganz sicher sofort unter den Sitzen verschwinden«, dachte Peter laut nach. »Und woher wollen wir überhaupt genau wissen, dass er es war? Jeder hier im Saal könnte es geklaut haben.« Justus nickte mit dem Kopf. »Peter hat Recht. Wir brauchen eindeutige Beweise. Man kann nicht bei allen

die Taschen kontrollieren. Den Dieb müsste man mit dem Handy in der Hand erwischen – am besten mit vielen Zeugen.«

Mittlerweile hatte der Hauptfilm begonnen. Onkel Titus saß niedergeschlagen auf seinem Platz. Plötzlich stand Justus auf und strahlte übers ganze Gesicht. »Ich glaube, ich habe eine Idee, wie wir den Dieb kriegen können – wir brauchen nur etwas Glück. Bis gleich.« Sie hatten Glück: Wenig später nahm die Polizei tatsächlich den Mann mit der Lederjacke fest. Durch Justus' Plan wurde der Täter eindeutig überführt.

??? Weißt du, was Justus genau gemacht hat?

Kopfüber ins Nichts

Wer beim Bungee in die Tiefe springt, der verlässt sich ganz auf das Seil. In Rocky Beach gibt's damit Probleme

Die drei ??? waren an diesem Morgen die Einzigen in Giovannis Eiscafé. Sie saßen an einem kleinen Tisch im Schatten der bunten Sonnenschirme. Als Giovanni an ihren Tisch kam, bestellten sie einen großen Eisbecher mit Sahne, den »Rocky Beach Spezial«. Doch der italienische Eisverkäufer schüttelte den Kopf. »Tut mir Leid, Jungs. Mein Kühlaggregat hat den Geist aufgegeben. Über Nacht ist alles geschmolzen – schöne Schweinerei. Ich warte auf den Elektriker. Dafür spendiere ich euch eine Cola – warm, aber gratis.«
»Umsonst ist immer gut«, grinste Bob. In diesem Moment kam ein riesiger Truck die Straße hochgefahren. »Mama mia!«, rief Giovanni und stellte drei Gläser Cola auf den Tisch. »Der fährt ja direkt auf den Marktplatz.«
Wenig später folgte ein bemalter Lieferwagen. Große Buchstaben prangten an den Seiten: »Billy Bones' Bungee«. Peter war begeistert. »Darüber hab ich im Fernsehen was gesehen. Der Truck ist ein riesiger Kran – über 60 Meter hoch. Man kann sich in einem Korb hochziehen lassen und an einem Seil von oben herunterspringen.« Giovanni tippte sich an die Stirn. »Von 60 Metern in die Tiefe? Wer ist so verrückt und macht das freiwillig?« »Man muss für einen Sprung mindestens 50 Dollar zahlen«, sagte Peter. Die drei ??? tranken schnell ihre Cola und sprangen auf. Das Spektakel wollten

sie sich nicht entgehen lassen. Mittlerweile hatten einige Männer den Platz um den Truck mit Eisengittern abgesperrt. Immer mehr Schaulustige blieben stehen und beobachteten, wie der Kran langsam ausgefahren wurde. Neben dem Lieferwagen stand ein braun gebrannter Mann und gab Anweisungen. Er trug eine rote Lederjacke mit der Aufschrift »Billy Bones«. Bob war begeistert. »Den erkenne ich wieder, der ist doch Stuntman beim Film, oder? Ich muss unbedingt ein Autogramm haben.« Der Stuntman schien sich über seine

Fans zu freuen, und die drei ??? löcherten ihn mit Fragen. »Tja, wenn ich nicht in Hollywood vor der Kamera stehe, reise ich mit meinem Bungee-Team durch die Gegend.« Zwei seiner Leute befestigten gerade einen großen Korb an dem Stahlseil. »Wenn man von oben runterspringt, erreicht man eine Geschwindigkeit von über 80 Stundenkilometern. Leider dürft ihr erst mit 18 Jahren Bungee springen. Aber wenn ihr Lust habt, nehm ich euch mit nach oben zur Probefahrt. Vor dem ersten Sprung müssen wir nämlich den Wind in 60 Meter Höhe messen.«
Natürlich hatten die drei ??? dazu Lust. Wenig später standen sie dicht gedrängt in dem Korb, und Billy Bones gab über Funk die Anweisung zum Hochziehen. Justus, Peter und Bob waren mit einem Sicherungsgurt im Korb angeschnallt. Je höher sie kamen, desto nervöser schauten sie nach unten. Aber der Ausblick war fantastisch. »Keine Angst. Gleich habt ihr euch an die Höhe gewöhnt. Ihr müsst ja nicht springen.« Darüber waren die drei ??? mittlerweile sehr froh. Der Stuntman zog einen Windmesser aus der Jacke und erzählte Geschichten über das Bungeespringen. Neben seinem Unternehmen gab es noch zwei weitere Firmen, die solche Sprünge anboten.

Als sie wieder festen Boden unter den Füßen hatten, füllte Billy Bones einen Sack mit Sand und stellte diesen auf eine Personenwaage. »In dem Sack sind genau 100 Kilo. Mehr darf ein Springer nicht wiegen. Ich werde nach der Mittagspause

noch einmal hochfahren und den Sandsack abwerfen. Dieser ›Probesprung‹ ist Pflicht.« Dann stellte er den Sack in den Lieferwagen und verschloss die Türen. Einer nach dem anderen vom Team verschwand in die Mittagspause, und die drei ??? radelten zu Tante Mathilda und stärkten sich mit selbst gebackener Pizza. Gleichzeitig mit Billy Bones trafen sie wieder am Marktplatz ein. »So, dann wollen wir mal!«, rief er ihnen entgegen. Er hievte den Sack aus dem Wagen und fuhr mit dem Korb in die Höhe.
»Gleich geht's los«, flüsterte Peter und blinzelte gegen den blauen Himmel. Und schon flog der Sandsack aus dem Korb und raste dem Boden zu. Nach wenigen Sekunden zog sich das Bungeeseil stramm. »Kommt verdammt weit runter«, bemerkte Peter und trat einen Schritt zur Seite. Sein Gefühl gab ihm Recht, plötzlich schlug der Sack hart auf dem Boden auf, platzte und wurde wieder nach oben gerissen. Sand wirbelte in der Luft. »Das gibt es doch gar nicht!«, hörte man von oben den Stuntman brüllen. Ein Reporter der Stadtzeitung machte eilig Fotos. Wütend sprang Billy Bones aus dem inzwischen heruntergelassenen Korb. »Das ist unmöglich. Der Sack hätte sich nicht dichter als 10 Meter dem Boden nähern dürfen. Wenn das in der Zeitung steht, bin ich erledigt.« Plötzlich beugte sich Justus Jonas nach unten und rollte eine schwere Eisenkugel aus dem Sandhaufen. »Ich denke, da wollte jemand den Sack mit Absicht schwerer machen, als er ist. Logisch, dass er mit dieser Kugel auf den Boden knallt.« Der Stuntman war außer sich. »Sabotage!

Jemand muss in der Pause die Kugel reingelegt haben, um meinen guten Ruf zu ruinieren.« »Wer hat denn einen Schlüssel zum Wagen?«, wollte Bob wissen. »Jeder aus meinem Team. Aber für die lege ich meine Hand ins Feuer.« Mr Bones vergrub sein Gesicht in den Händen. »Wir müssen ihm helfen«, flüsterte Justus seinen beiden Freunden ins Ohr.
Anschließend befragten sie jeden Einzelnen vom Bungeeteam und notierten die Antworten. Matt Sanders sagte, er habe sich ein Sandwich gekauft, Kevin Smith, er habe einen Stadtbummel gemacht, Jeff Altman, er habe ein Eis bei Giovanni gegessen, und Alan O'Brian, er sei beim Friseur gewesen. Die drei ??? strahlten. »Mister Bones«, begann Justus mit wichtiger Miene. »Ich denke, jemand aus Ihrem Team wollte Ihnen schaden. Vielleicht wurde er von einer anderen Bungeefirma bezahlt.« Verwirrt blickte der Stuntman zu ihm hoch. »Jemand aus meinem Team?«, fragte er ungläubig. »Ja«, sagte Justus, »und wir wissen auch, wer.«

??? **Weißt du es ebenfalls?**

Taschenspielertricks

Bloß zwei Minuten passen Justus und seine Freunde auf eine Kasse auf, und schon kassieren sie ordentlich Ärger!

Die Sonne stand senkrecht am Himmel, als Justus Jonas auf seinem klapprigen Fahrrad die Hauptstraße entlang fuhr. »Am heißesten Tag des Jahres muss Tante Mathilda mich zum Einkaufen schicken«, murmelte er ärgerlich vor sich hin und trat keuchend in die Pedale. Auf dem Gepäckträger schepperte der große Einkaufskorb seiner Tante. »Hoffentlich sieht mich keiner mit dem peinlichen Ding«, dachte er laut. Plötzlich hörte er hinter sich einen Motor aufheulen und ein großer Pick-up donnerte haarscharf an ihm vorbei. Justus riss den Lenker zur Seite und war Sekunden später eingehüllt in Staub und Rußschwaden des Dieselmotors. Vor lauter Husten musste er anhalten, und er fluchte dem dreckigen Auto hinterher. Durch die hintere Scheibe erkannte er einen stämmigen Mann und daneben eine dünne, blonde Frau. Anschließend setzte er sich wieder wütend auf sein Rad und fuhr die letzten Kilometer nach Rocky Beach.

In der kalifornischen Kleinstadt war es ruhig wie immer. Nur wenige Menschen befanden sich zur Mittagszeit auf den Straßen. Doch als Justus am Marktplatz vorbeifuhr, erblickte er zwei vertraute Gesichter. Es waren seine beiden Freunde Peter Shaw und Bob Andrews. »Sagt bloß, ihr müsst auch einkaufen?«, rief er ihnen freudig zu und stellte sein Rad ab. Peter lachte und zeigte auf seinen eigenen Einkaufskorb. »Du

Superdetektiv. Das ist ja auch unschwer zu erkennen, wenn man solche Dinger mit sich rumschleppen muss.« Alle drei hatten genau den gleichen peinlichen Korb mitbekommen. Wenig später standen sie in Porters Geschäft. Hier bekam man alles, was auf langen Einkaufslisten stand. Peter packte seinen Korb voll und schüttelte den Kopf. »Das krieg ich doch niemals mit! Beim nächsten Mal komme ich mit einem Sattelschlepper.« Justus suchte inzwischen das Regal mit den Waschmitteln ab. Ratlos blickte er auf den Zettel von Tante Mathilda und ging anschließend zu Mister Porter, dem Ladenbesitzer. »Hallo, Justus«, wurde er begrüßt. »Sag jetzt nicht, dass in meinem Geschäft irgendetwas nicht da ist!«, lachte

der freundliche Mann mit der grünen Schürze ihn an. Justus versuchte Tante Mathildas Schrift zu entziffern. »Ich brauche Professor Blitz' Spezialtinktur gegen Filzstiftflecken.« Porter zog die Stirn in Falten. »Jetzt hast du mich erwischt. Ich warte auf eine dringende Lieferung. Da müsste deine Spezialtinktur dabei sein.« Währenddessen stand neben Justus eine Frau mit ungekämmten blonden Haaren. »Kann ich jetzt endlich bezahlen?«, unterbrach sie die beiden und legte ein Päckchen Kaugummi und eine Banknote auf den Tresen. »Kleiner haben Sie es nicht?«, murmelte Porter und zeigte auf den 50-Dollarschein. Die Frau schüttelte gelangweilt den Kopf und nahm anschließend das Wechselgeld entgegen.

Gerade als sie das Geschäft verließ, hörte man von draußen ein lautes Hupen. »Ah, das ist der Lastwagen mit der Warenlieferung. Endlich. Ich muss eben mal schnell raus und beim Abladen helfen. Jungs, könnt ihr solange auf die Kasse aufpassen?«, fragte Mister Porter die drei ???. »Na klar machen wir das. Aber nur, wenn wir nicht Ihre grüne Schürze dabei anziehen müssen«, grinste Bob. Durch die Schaufensterscheibe erkannte man den großen Lkw. Daneben parkte gerade ein schmutziger Pick-up ein. Justus schob sich den dicken Bleistift von Porter hinter das Ohr und stellte sich hinter den Tresen. »So, die Herrschaften, was kann ich für Sie tun?«, lachte er.

In diesem Moment betrat ein großer Mann das Geschäft. Sein Overall war ölverschmiert und mit ihm strömte Dieselgeruch in den Raum. Er ging zielstrebig auf das Zeitschriftenregal zu

und blätterte in einigen Heften. »Wenn der die alle mit seinen dreckigen Fingern angrabbelt, kann Porter die in den Müll schmeißen«, flüsterte Peter. Dann kam der Mann direkt auf sie zu und warf eine Zeitschrift auf den Tresen. »Einmal das ›Trucker Magazin‹. Ich will zahlen!«, brummte er unfreundlich. Justus nahm einen 20-Dollarschein entgegen und reichte ihm das Wechselgeld. Als der Mann nachzählte, verfinsterte sich sein Gesicht. »Bürschchen! Willst du mich übers Ohr hauen? Ich gab dir 50 Dollar, und du gibst mir für lächerliche 20 raus?!« Justus schüttelte empört den Kopf und zeigte auf die noch offene Kasse. »Das stimmt nicht, Mister. Sie gaben mir nur einen 20-Dollarschein.« Peter und Bob nickten eifrig.
»Was? Du nennst mich einen Lügner?«, schrie plötzlich der Mann und schlug außer sich vor Wut mit der Faust auf den Tresen. Erschrocken traten die drei ??? einen Schritt zurück. Gleichzeitig kam Porter mit einem großen Karton durch die Ladentür. »Was ist denn hier los?«, fragte er entsetzt und stellte den Karton auf den Boden.
»Was hier los ist?«, brüllte der Mann. »Ich werde Ihnen sagen, was hier los ist. Diese drei Halunken hier nennen mich einen Lügner. Ich bezahle mit einem ehrlich verdienten 50-Dollarschein und werde von den drei Käsehochs am helllichten Tage betrogen. **Das** ist hier los!«
Justus konnte es nicht glauben. »Nein, nein, das ist nicht wahr. Mein Ehrenwort, dass es ein 20-Dollarschein war. Peter und Bob können das bezeugen.« Das Gesicht des Mannes verzog sich zu einem schmierigen Grinsen. »Ha! Bezeugen … Bezeu-

gen kann ja jeder. Gemeine Lügen sind das! Ich hingegen kann das beweisen.«

Porter stellte sich nervös hinter den Tresen und betrachtete die Scheine in der Kasse. »Ich bitte vielmals um Entschuldigung, Mister, aber bitte verstehen Sie, ich weiß nicht, wem ich jetzt glauben soll. Wie wollen Sie es beweisen? Die Scheine sehen doch alle gleich aus.« Der Mann beugte sich bedrohlich zu ihm herüber. »Irrtum, mein Freund. Mein Schein sah anders aus. Zufällig habe ich heute Morgen ganz klein eine Telefonnummer auf einer Ecke notiert. Ich hatte keinen Zettel dabei. Und jetzt nehmen Sie sich den oberen Fünfziger und suchen nach der Nummer! Doch warten Sie! Ich halte mir die Augen zu. Die Nummer war, glaube ich, 555 21 68 oder so ähnlich.« Porter war fassungslos. Die Nummer stimmte genau. Immer wieder bat er um Entschuldigung. Die drei ??? wichen ein paar Meter zurück. Justus war sehr aufgeregt. »Der Typ lügt wie gedruckt«, flüsterte er wütend. »Wir haben doch alle den Zwanziger gesehen!« Bob nahm seine Brille ab. »Das stimmt. Aber gegen seinen Beweis können wir nicht an.« Peter nickte. »Leider. Dieser Beweis zählt mehr als unsere Aussage.« Justus gab sich nicht zufrieden. »Ich denke, hier spielt einer ein falsches Spiel mit uns. Und je mehr ich darüber nachdenke, glaube ich, dass wir auf einen ganz miesen Trick hereingefallen sind. Erinnert ihr euch noch an die blonde Frau mit dem Fünfziger?« Peter und Bob erinnerten sich. »Ich habe die beiden heute schon mal gesehen. Und zwar zusammen in dem dreckigen Pick-up vor der Tür. Ich bin mir ganz sicher, die

beiden sind ein eingespieltes Team.« Peter konnte es nicht fassen. »Na klar: Erst kam die Frau und bezahlte mit dem Fünfziger, auf dem die Telefonnummer steht …« Bob fuhr fort: »Und dann braucht nur noch der andere zu kommen und das Beweismittel aus der Kasse zu ziehen. Ein uralter Trick.« Justus knetete seine Unterlippe. »Alt ist er, aber leider gut. Er hat seinen Beweis auf dem Fünfziger. Der Zwanziger, mit dem er tatsächlich bezahlte, hat so etwas nicht. Moment … wartet! Denkt mal scharf nach! Vielleicht hat der Mann doch noch einen Gegenbeweis für uns hinterlassen!«

??? Justus vermutete richtig. Doch wie konnten die drei ??? das Gaunerpärchen überführen?

Internetpiraten

Schwups, weg ist der Laptop. Doch Justus hat da eine Idee, wie er dem Dieb auf die Schliche kommen kann ...

Gelangweilt trotteten die drei ??? durch Rocky Beach. »Heute ist aber auch überhaupt nichts los in der Stadt«, murmelte Justus Jonas und setzte sich auf den Brunnenrand am Marktplatz. Peter zog seine Schuhe aus und kühlte seine Füße im Wasser. »Ich weiß gar nicht, was du hast, Just. Endlich mal Ruhe, und wir müssen keine Verbrecher jagen«, grinste er. In diesem Moment hielt direkt neben ihnen ein roter Kombi, und ein Mann kurbelte die Scheibe herunter. »He, Jungs! Habt ihr nichts zu tun?« Es war Bob Andrews' Vater. Er arbeitete als Reporter bei einer großen Tageszeitung. »Hallo, Dad!«, rief Bob und lief auf den Wagen zu. »Wir latschen schon den ganzen Tag in der Stadt herum und wissen nicht, was wir machen sollen.«

»Ich denke, ihr seid Detektive«, lachte sein Vater. »Da gibt es keine Langeweile. Habt ihr Lust, mit nach Los Angeles zu kommen? Ich muss ein paar Texte in der Redaktion durchsprechen.« Der Tag war gerettet. Nach einer Stunde erreichten sie das Verlagsgebäude, und Bobs Vater zeigte ihnen sein Büro. »Seht euch nur um, ich bin in ein paar Minuten wieder da.« Peter interessierte sich für den tragbaren Computer auf Mister Andrews' Schreibtisch. »Cooles Teil«, bemerkte er. Bob klappte den Monitor hoch und startete den Rechner. »Den hat mein Dad neu bekommen. Leider hat die Tastatur eine Macke. Wenn du ein O eingibst, erscheint ein anderer Buchstabe. Morgen will mein Vater den umtauschen. Aber ansonsten hat der Kasten alles, was man braucht. Hier, direkter Zugang ins Internet. Wir können ja ein bisschen surfen.« Die drei ??? steckten die Köpfe zusammen. »Es soll 'ne neue Homepage über Rocky Beach geben. Lasst uns mal reinklicken«, schlug Justus vor. Auf dieser Seite konnte man sich Bilder der Stadt ansehen und an einem Chat teilnehmen. Peter tippte: »Hier sind die drei ???. Ist jemand im Chat?« Kurze Zeit später meldete sich ein gewisser Blackbird. »Hi, was geht bei euch ab?«, schrieb er. Die Chat-Runde war eröffnet.

Als Bobs Vater zurückkam, klappte Peter erschrocken den Monitor zu. Mister Andrews lachte. »Keine Angst, ihr könnt ruhig herumsurfen. Ich muss meinen Laptop sowie mitnehmen. Wenn ihr Lust habt, könnt ihr ihn im Auto weiterbenutzen.« Wenig später saßen die drei wieder auf dem Rücksitz des Kombis und unterhielten sich im Internet mit Blackbird. »Cool, im Auto sitzen und surfen«, freute sich Peter und berichtete davon sogleich Blackbird. Dieser schien sehr beeindruckt zu sein und fragte sie nach dem Computer aus. Die drei ??? waren die ganze Fahrt über so beschäftigt, dass sie gar nicht bemerkten, als sie wieder in Rocky Beach waren. Bobs Vater parkte den Wagen. »So, da wären wir wieder. Wenn ihr Lust habt, lade ich euch noch zu einem Eis ein.« Natürlich hatten die drei Lust. Peter verabschiedete sich von Blackbird im Chat: »Wir müssen Schluss machen.« Er schrieb noch schnell, dass sie mit ihrem roten Kombi in der Market Street gelandet waren und erst mal Eis essen gehen wollten. Dann legte Bobs Vater den Computer in den Kofferraum. »Man muss den ja nicht unbedingt für alle sichtbar auf dem Sitz liegen lassen«, erklärte er. Kurz darauf hatte jeder von ihnen einen riesigen Eisbecher vor sich stehen.
Als sie nach einer halben Stunde zurück zum Wagen schlenderten, blieben sie plötzlich erstarrt stehen – die Kofferraumhaube stand weit offen. Entsetzt rannte Mister Andrews auf den Kombi zu. »Oh nein, die haben meinen Computer geklaut. Unglaublich, wir haben den Wagen doch nur für ein paar Minuten aus den Augen gelassen. Aber warum bricht jemand ge-

rade **mein** Auto auf? Derjenige konnte doch gar nicht wissen, dass dort etwas Wertvolles drin ist.« Justus knetete nachdenklich mit Daumen und Zeigefinger seine Unterlippe. »Na ja, es gibt eine Person, die diese Information hatte. Ich habe da einen Verdacht.« Er berichtete vom Chat mit Blackbird, und Peter wurde rot. »Mann, wieso hab ich bloß erwähnt, dass wir hier parken. Ich Idiot! Na klar, Blackbird konnte sich an den fünf Fingern abzählen, dass der Computer wahrscheinlich im Kofferraum liegt. Ich bin schuld.« Mister Andrews legte ihm die Hand auf die Schulter. »Du kannst nichts dafür, Peter. Wie konntest du ahnen, dass du dich im Internet mit einem Dieb unterhältst. Ich wette, der hat diese Masche nicht zum ersten Mal abgezogen. Aber zumindest hat die Sache auch eine gute Seite.« Peter blickte verstört hoch. »Was sollte denn dabei noch gut sein?« Bobs Vater versuchte ein wenig zu lächeln. »Na ja, immerhin habe ich jetzt eine gute Story, über die ich schreiben kann.«

Anschließend meldeten sie den Diebstahl bei der Polizei. Über eine Stunde dauerte es, bis Kommissar Reynolds ein Protokoll über den Vorfall geschrieben hatte. »Mister Andrews, leider muss ich Ihnen mitteilen, dass die Chancen nicht gut stehen, dem Dieb auf die Schliche zu kommen. Im Internet hinterlässt man keine Spuren.« Plötzlich stand Justus auf und ballte die Faust. »Vielleicht haben wir doch eine Chance. Kommissar Reynolds, gibt es auf dem Polizeirevier einen Computer mit Internetanschluss?« Der Polizist war empört. »Natürlich, oder sieht das alles hier so verstaubt aus?

Kommt mit in mein Büro!« »Was hast du vor, Just?«, fragte Bob erstaunt. »Wartet ab, es ist nur ein Versuch.« Kurz danach loggte sich Justus erneut auf der Homepage von Rocky Beach ein. Im Chat tippte er folgende Anfrage. »Hallo, wer verkauft mir einen tragbaren Computer? Zahle Höchstpreise.« Wenig später erhielt er tatsächlich eine Antwort: »Hab, was du willst. Kastet 3000 Dallar. Treffen bei mir in der Pacific Street 46, bei Max Parker.«

Justus grinste über beide Ohren und schrieb zurück: »Wir haben dich, Blackbird.« Sekunden später flimmerte der Monitor, und ein hässlicher Totenkopf erschien. Entsetzt wichen die drei ??? zurück. Doch Bobs Vater konnte sie beruhigen. »Keine Angst, das ist nur ein harmloser Computerscherz von Blackbird – oder besser gesagt, von Max Parker. Ich schätze, das war sein letzter großer Auftritt im Internet. Die Polizei braucht nur noch in die Pacific Street 46 zu fahren und den Mann zu verhaften.« Peter und Bob klopften Justus anerkennend auf die Schulter. »Genial, Just«, lachte Bob. »Pech für Blackbird, dass er gleich mit dem geklauten Computer ins Internet gegangen ist.« Kommissar Reynolds nahm verwirrt seine Dienstmütze ab. »Woher wisst ihr, dass dieser Parker mit dem gestohlenen Computer geschrieben hat? Kann mich mal jemand aufklären?«

??? Kannst du dem Kommissar helfen?

Gespensterjagd

Wenn es in einem alten Kinogemäuer spukt und niemand seinen Fuß hineinsetzt – dann sind die drei ??? Kids zur Stelle

Es war schon spät am Nachmittag, als Onkel Titus vom Gelände seines Schrotthandels fuhr. Neben ihm drängten sich die drei ??? auf dem Vordersitz des alten Pick-up. Wie so oft, sollten ihm Justus, Peter und Bob bei einem Auftrag helfen. »Mister Jonas, wo geht es denn diesmal hin?«, fragte Bob Andrews neugierig. Onkel Titus bog in die Hauptstraße ein und zog einen zerknitterten Zettel aus der Westentasche. »Hier steht alles drauf. Wir sollen das alte Capitol entrümpeln – danach wird es abgerissen.«
»Das Capitol?«, wiederholte Justus verwundert. »Was ist das denn?« Sein Onkel lachte: »Stimmt, das könnt ihr ja gar nicht mehr kennen. Das Capitol war damals das erste Kino in Rocky Beach. Ich glaube, ich habe dort mehr Zeit verbracht, als auf der Schulbank. Allein die Filme mit Elvis Presley habe ich unzählige Male gesehen. Ja, ja, das Capitol war für uns alle wie Hollywood.« Peter Shaw beugte sich nach vorn. »Und warum gibt es das Kino nicht mehr?«, wollte er wissen. »Das Capitol gibt es noch. Nur werden dort schon seit über zehn Jahren keine Filme mehr gezeigt. Zuletzt kamen nur noch ein paar Besucher täglich. Alles solche alten Knacker wie ich. Die jungen Leute gehen lieber in die modernen großen Kinos mit ›Tobi around‹ und so.« »›Dolby Surround‹«, verbesserte ihn

Peter, der sich mit allen technischen Dingen sehr gut auskannte. »Genau das meine ich. Tja, und nun steht das Haus leer. Ein paar Mal sollte es schon umgebaut werden. Soviel ich weiß, hatte ein reicher Spanier sogar Pläne für ein Restaurant.« »Und warum hat er das nicht gemacht?«, fragte Bob. »Keine Ahnung. Plötzlich wurde aus der ganzen Sache nichts. Der Spanier hat fluchtartig Rocky Beach verlassen und wollte

niemals wieder einen Fuß in das Kino setzen.« Justus Jonas knetete mit Daumen und Zeigefinger seine Unterlippe. »Hört sich interessant an«, murmelte er vor sich hin.
Kurze Zeit später waren sie am Ziel. Vor ihnen lag ein großes, zerfallenes Gebäude mit zugenagelten Fenstern. Der breite Eingang war so üppig mit Efeu umrankt, dass man gerade noch darüber die rostigen Buchstaben C A P I T O L erkennen konnte. An der Seite befand sich eine zweite Tür. »Das war damals der Personaleingang«, erklärte Onkel Titus, als sie den Wagen verließen. Vor dieser Tür entdeckte Justus ein Fahrrad mit zwei platten Reifen. »Das Rad ist genauso verstaubt wie das Kino selbst«, grinste er. Plötzlich öffnete sich die Tür und ein alter Mann mit grauem Bart blinzelte in die untergehende Sonne. »Ah, Sie müssen Mister Jonas sein«, begrüßte er Onkel Titus. »Ich habe Sie schon erwartet. Mein Name ist Randolf Cooper. Kommen Sie mit!« Sie folgten Cooper zum Haupteingang. Der alte Mann erklomm mühsam die überwucherten Steinstufen. »Über vierzig Jahre war ich Filmvorführer im Capitol. Jetzt wird es abgerissen. Dann muss ich auch aus meiner alten Dienstwohnung raus. Nun ja, so ist der Lauf der Zeit. Das Neue verdrängt das Alte.« Knarrend öffnete er die beiden großen Flügeltüren. »Gehen Sie nur hinein und tun Sie, was Sie tun müssen. Ich selbst habe seit Jahren keinen Fuß mehr über diese Schwelle gesetzt.« Peter blieb abrupt stehen. »Warum nicht?«, fragte er unsicher. Cooper winkte ab und stotterte: »Ich ..., ich will darüber nicht sprechen. Bitte, lasst mich in Ruhe. Ich ..., ich muss jetzt weg – mit dem Rad

in die Stadt, um Besorgungen zu machen.« Hastig drehte er sich um und verschwand. Neugierig blickte Justus in die dunkle Eingangshalle. »Gut, dass wir unsere Taschenlampen dabei haben«, sagte er und ging mutig hinein. Peter wühlte nervös in den Haaren. »Warte, Just. Was meinte Cooper eben damit? Hier drin scheint es mir nicht ganz ungefährlich zu sein.« Onkel Titus stimmte ihm zu. »Peter hat Recht. In dem Kino ist nicht eine Lampe mehr heil. Ich werde schnell zum Schrottplatz fahren und bringe einige starke Halogenstrahler mit. Wartet hier auf mich! In der Finsternis ist es zu gefährlich.« Kaum fuhr er mit dem Pick-up fort, verschwand auch Bob in der Dunkelheit. »Nun komm schon, Peter!«, lachte dieser. »Uns wird schon nicht Elvis über den Weg laufen.« Widerwillig lief Peter hinter seinen beiden Freunden her.
Ein kühler Luftzug wehte ihm staubige Luft entgegen und ließ die schweren Holztüren krachend zurück ins Schloss fallen. Dicht nebeneinander gedrängt versuchten sich die drei ??? an die Dunkelheit zu gewöhnen. Im Schein ihrer Taschenlampen erkannten sie das kleine Kassenhäuschen. »Seht mal, was ich gefunden habe!«, flüsterte Justus plötzlich und hob ein kleines Stück Papier vom Boden auf. »Es ist eine uralte Eintrittskarte. Wahrscheinlich hat der letzte Besucher sie damals hier fallen gelassen. Los, lasst uns in den Kinosaal gehen!« Peter war damit überhaupt nicht einverstanden. »Ich habe dabei ein absolut ungutes Gefühl!«, stöhnte er. »Nun jammer nicht rum! Wir dürfen das – schließlich haben wir eine Eintrittskarte«, lachte Bob und schob Peter vor sich her. Vorsichtig

tasteten sie sich durch einen langen Flur. Überall hingen vergilbte Kinoplakate an den Wänden. Der schmale Gang endete in dem großen Saal. Mit rotem Samt bezogene Sessel reihten sich vor ihnen auf. Die Polster waren von Staub und Motten zerfressen. Der Vorhang vor der Leinwand sah nicht besser aus. Justus deutete auf eine kleine Tür direkt daneben. Sie führte in einen verwinkelten Treppengang und endete in einem hohen, aber sehr schmalen Raum. Überall türmten sich Stapel alter Filmdosen aus Blech, ausgediente Sessel und Gerümpel aller Art. »Scheint mir hier eine Art Abstellkammer zu sein«, vermutete Bob. »Das ist mir egal. Ich hab genug gesehen«, flüsterte Peter, drehte sich um und lief direkt in ein klebriges Spinnengewebe. Doch bevor er laut aufschreien konnte, vernahmen sie ein leises Aufheulen. »Was war das?«, zischte Bob erschrocken. Das Heulen wurde immer lauter und schien auf sie zuzukommen. Die drei ??? wagten nicht zu atmen. Plötzlich begann über ihnen etwas zu flimmern. Wie helle Schatten huschten schwache Lichter durch den Raum und das leise Heulen entwickelte sich zu einem hässlichen Lachen. Dann geschah das Unfassbare: Die Lichter begannen umeinander zu tanzen, verschmolzen und verwandelten sich in eine fürchterliche Geistererscheinung. Justus, Peter und Bob schrien so laut sie konnten. Orientierungslos rannten sie gleichzeitig los und prallten gegen eine weiche Wand. Es war eine gespannte Stoffbahn, die der Länge nach vor ihnen auseinander riss. Sie stolperten nach vorn und fielen entsetzt etwa einen Meter tiefer auf eine Bühne.

Justus war der Erste, der sich aufrappelte und in ein grell flackerndes Licht blinzelte. Plötzlich schlug er sich mit der Hand gegen die Stirn. »Jetzt weiß ich, was passiert ist«, keuchte er. »Wir waren eben direkt in einem Raum hinter der Kinoleinwand. Da, durch diesen Riss sind wir wieder in den großen Saal gefallen. Und das grelle Licht von vorn stammt von einem Filmprojektor. Die Geister, die wir hinter der Leinwand gesehen haben, waren nur Filmgeister. Da wollte uns einer einen riesigen Schrecken einjagen.« Bob klopfte sich den Staub von der Hose. »Aber wir sind die Einzigen in dem Gebäude. Wer soll den Projektor gestartet haben?« Peter war der gleichen Meinung und stammelte: »Genau, Cooper kann es auch nicht gewesen sein, der ist mit seinem Fahrrad in die Stadt gefahren.« »Da bin ich mir nicht so sicher. Kommen Sie heraus, Mister Cooper!«, rief Justus in Richtung Vorführraum. Kurz darauf stand der alte Mann mit gesenktem Kopf neben ihnen und gab alles zu. Cooper war tatsächlich für die Geistererscheinungen verantwortlich. Er wollte mit diesen Tricks seit Jahren verhindern, dass sein geliebtes Kino abgerissen würde.

??? Doch was machte Justus so sicher? Weißt du es?

Verbrannte Millionen

Alles futsch? Ganz so leicht wie Kommissar Reynolds lassen sich die drei Jung-Detektive nicht austricksen

»Ich glaube, das ist heute der wärmste Tag im ganzen Jahr«, stöhnte Bob und nahm einen Schluck aus seiner Trinkflasche. Dicht hinter ihm radelte mit hochrotem Kopf Justus Jonas. »Wenn wir am Meer sind, springe ich sofort ins Wasser und warte auf die nächste Eiszeit.« In diesem Moment schossen vier Feuerwehrwagen auf der Küstenstraße an ihnen vorbei. Bob wischte sich den aufgewirbelten Staub von der Brille. »Kein Wunder, dass bei der Hitze alles sofort anfängt zu brennen.« Justus knetete seine Unterlippe. »Ich wette, die fahren direkt nach Rocky Beach. Was ist, wollen wir hinterherfahren?« Peter und Bob mussten nicht lange überredet werden. Baden konnten sie jeden Tag – spannende Abenteuer gab es seltener.

Als sie sich Rocky Beach näherten, sahen sie schon von weitem eine schwarze Rauchwolke emporsteigen. »Das kommt direkt aus der Palm Street«, rief Bob. »Da hinten steht schon die Feuerwehr.« Es sah aus, als wäre eine Bombe explodiert. Mitten auf der Straße brannte ein großer Lieferwagen lichterloh. Von allen Seiten kämpften sich Feuerwehrmänner in schweren Schutzanzügen an das Funken sprühende Inferno heran.

»Achtung, Achtung, hier spricht die Einsatzleitung. Bitte treten Sie zurück! Es besteht Lebensgefahr«, krächzte einer der

Feuerwehrleute durch ein Megafon und trieb die Schaulustigen zur Seite.
Nach einer halben Stunde lag das ausgebrannte Fahrzeug unter einem dicken Schaumteppich. Heißer Wasserdampf zischte auf dem geschmolzenen Asphalt. Peter zeigte auf zwei Männer mit von Ruß geschwärzten Gesichtern. »Seht

ihr dort die beiden im Hauseingang? Die tragen die Uniform einer Sicherheitsfirma. Der Wagen war garantiert ein Geldtransporter.«
Justus ging auf die Fahrer des Transporters zu. »Entschuldigen Sie, können Sie uns sagen, was hier passiert ist?« Bereitwillig schilderte der eine: »Es kam ganz plötzlich. Ich bemerkte einen leichten Benzingeruch – wahrscheinlich ein Loch in der Kraftstoffleitung. Und dann gab es diese Explosion. Bei der Hitze heute muss das Zeug sofort in Brand geraten sein.«
Die Feuerwehr zog mittlerweile verkohlte Blechkisten aus dem Geldtransporter. Die Gluthitze hatte sie verzogen und die Deckel geöffnet. Einer der Fahrer schüttelte den Kopf. »Es ist nicht zu glauben. Da haben sich zwei Millionen in Rauch aufgelöst.« Justus betrachtete die Kisten. »Zwei Millionen sind **so** viel?« Der Mann nickte. »Na klar. Es waren kleine Scheine.«
Vorsichtig näherten sich die drei ??? einer der Kisten. Im Inneren konnte man nur noch einen dunklen Matsch erkennen. Bob nahm sich eine Hand voll heraus und grinste. »Cool, das sind bestimmt tausend Dollar. Was ist, wollen wir die mitnehmen und davon Eis essen?« In diesem Moment packte eine kräftige Hand seine Schulter. »Du wirst gar nichts mitnehmen!«
Es war Kommissar Reynolds. »Leg das sofort wieder da hinein!« Doch dann wurde seine Stimme freundlicher. »Ach, meine drei jungen Detektive. Mal wieder schneller als die Polizei, was? Aber ihr müsstet doch eigentlich wissen, dass man an einem Brandort nicht vorzeitig herumwühlen darf?«

Erschrocken ließ Bob den Matsch wieder in die Kiste fallen: »Ich dachte, das Zeug ist sowieso wertlos.« »Ist es auch. Aber vielleicht will die Versicherung es noch untersuchen.« Jetzt kam noch jemand auf die drei zugelaufen. »Das ist der Bankdirektor der Sparkasse von Rocky Beach«, flüsterte Peter. »Hallo, Mister Dorson«, begrüßte ihn der Kommissar. »Ich fürchte, hier ist nichts mehr zu retten. Das Feuer hat alles restlos zerstört.«

Der Bankdirektor stand fassungslos vor den verbrannten Kisten. »Es ist einfach unglaublich. Ich habe es eben gerade erfahren. Wir haben einmal im Monat einen solchen Abholtermin.« »Was für einen Abholtermin?«, fragte Justus unbekümmert. Mister Dorson schien die drei ??? erst jetzt bemerkt zu haben. »Äh, das wird absolut streng geheim gehalten. Nur ich und wenige Bankangestellte wissen, was sich jeweils in den Kisten befindet. Mal Geld, mal Aktien, mal wichtige Unterlagen.«

Kommissar Reynolds seufzte. »Na ja, das kann Ihnen jetzt auch egal sein. Auf diesen Haufen Matsch wird kein Gangster scharf sein.« Der Bankdirektor nickte. »Da haben Sie sicher Recht. Morgen wird es sowieso in allen Zeitungen stehen. Also, es waren Millionen. Einmal im Monat werden an der Westküste die alten Geldscheine eingesammelt und anschließend verbrannt.« Peter sah ihn verständnislos an. »Wieso werden sie verbrannt?« »Das will ich dir erklären, mein Junge. Irgendwann ist ein Geldschein hinüber. Zerrissen oder verschmiert. Die geben wir zur Zentralbank und bekommen dafür druckfrische, neue Banknoten. Die alten wandern ins Feuer.«

Kommissar Reynolds lachte vergnügt. »Na ja, die Arbeit können die sich jetzt sparen. Die Scheine haben sich in Rauch aufgelöst.« Plötzlich trat Justus einen Schritt nach vorn. »Da bin ich mir nicht so sicher«, murmelte er. Entsetzt blickte Mister Dorson ihn an. »Was willst du damit sagen?«, stotterte der Bankdirektor erschrocken. Justus knetete mit Daumen und Zeigefinger seine Unterlippe. »Nehmen wir mal an, es hat jemand zuvor die Scheine gegen wertloses Papier ausgetauscht, das Geld irgendwo versteckt und anschließend den Geldtransporter angezündet. Müll oder Millionen – jetzt ist es nur noch schwarzer Schlamm.«

Mister Dorson war empört. »Du willst doch nicht andeuten, dass ein Bankangestellter das machen würde? Wie kannst du nur diese Ungeheuerlichkeit behaupten?« Justus ließ sich nicht beirren. »Ich habe nicht gesagt, dass es jemand aus der Bank getan haben könnte.« Für einen kurzen Moment blickte er auf die Geldtransporterfahrer. Schlagartig wurden die beiden unter ihren rußverschmierten Gesichtern kreidebleich. Wenig später gestanden sie die Tat. Das Geld hatten sie in einem Keller versteckt und dann den Transporter in Brand gesteckt. »Es waren zwei sehr dumme Verbrecher«, grinste Justus. »Sie haben sich selbst verraten.«

???

Doch wodurch haben sich die beiden verraten? Weißt du es?

Lösungen

Achtung Strandräuber: Der Dieb konnte überführt werden, weil der Walkman vom Liegen in der Kühlbox noch ganz kalt war.

Spurlos verschwunden: Auf dem Plakat fehlte die Adresse von Miss Carter. Jim Rattler konnte gar nicht wissen, wo er Lord Henry abgeben sollte. Außerdem sagte er, dass er nicht gewusst hatte, dass Miss Carter einen Kater hat. Er hätte den Kater also auch nicht wiedererkennen können.

Verhängnisvolle Falle: Adddfibic = 144469293

Detektive unter Verdacht: Wenn einer die Scheibe von außen eingeschlagen hätte, wären Scherben im Wagen gewesen.

Falsche Tränen: Dolly Carlton konnte ihre Mutter nicht besucht haben, denn das Krankenhaus war wegen Renovierungsarbeiten geschlossen.

Duell der Inline-Skater: Larry Jacobs hatte gelogen. Er konnte sich nicht seinen knallroten Helm geholt haben, denn er trug ihn schon auf dem Kopf, als er das Zelt betrat.

Feuer an Bord: Kapitän Clapper hatte kurz vor dem Brand seine Eislieferung für den nächsten Tag abbestellt. Wozu braucht er das Eis schließlich, wenn sein Schiff am nächsten Tag abgebrannt sein wird …

Geisterstunde: Es war Onkel Titus, da sich Beasty, die schwarze Katze, nur ihm anvertraute.

??? **Geheime Flaschenpost:** Der alte Mann spricht von »Bloodfinger«, obwohl die drei ??? Kids den Namen des Kapitäns, der angeblich den Goldschatz versteckt hat, gar nicht erwähnt hatten.

??? **Hilfe, Handydiebe!:** Justus ging zur Telefonzelle des Kinos und wählte Onkel Titus' Handy-Nr., die er sich nach dem Kauf notiert hatte. Das Handy klingelte und entlarvte den Dieb.

??? **Kopfüber ins Nichts:** Jeff Altmann wollte dem Stuntman schaden, denn er konnte kein Eis bei Giovanni gegessen haben. Giovannis Kühlaggregat war kaputt.

??? **Taschenspielertricks:** Der Mann hat mit seinen ölverschmierten Händen mehrere Abdrücke auf dem 20-Dollarschein hinterlassen.

??? **Internetpiraten:** Wenn man in den Computer ein O eingibt, dann erscheint ein A – das wusste Parker nicht. Mit seinem Angebot per E-Mail hat er sich verraten.

??? **Gespensterjagd:** Der Filmvorführer konnte mit seinen beiden platten Fahrradreifen gar nicht in die Stadt gefahren sein.

??? **Verbrannte Millionen:** Die Fahrer des Geldtransporters hätten gar nichts von den Millionen und den gebrauchten Scheinen wissen können.

Umschlag- und Innenillustrationen von Stefanie Wegner, Soltau
Umschlaggestaltung von Atelier Reichert

Die Deutsche Bibliothek – CIP-Einheitsaufnahme
Ein Titelsatz für diese Publikation ist bei der Deutschen Bibliothek erhältlich.

KOSMOS Postfach 10 60 11
D-70049 Stuttgart
TELEFON +49 (0)711-2191-0
FAX +49 (0)711-2191-422
WEB www.kosmos.de
E-MAIL info@kosmos.de

Dieses Buch folgt den Regeln der neuen Rechtschreibung.

Gedruckt auf chlorfrei gebleichtem Papier

ISBN 3-440-09030-2

Redaktion: Cordula Gerndt
Produktion: Ralf Paucke
Grundlayout: DOPPELPUNKT Auch & Grätzbach GbR
Satz: DOPPELPUNKT Auch & Grätzbach GbR
Druck und Bindung: Tešinská Tiskárna, Ceský Tesín
Printed in Czech Republic / Imprimé en République Tchèque